CLARA LA NUIT

CATHERINE LOCANDRO

CLARA LA NUIT

roman

nrf

GALLIMARD

à Fabienne
à Marie T.

J'ai eu une première vie avant Rome. Une vie double, partagée entre la nuit et le jour. Un contraste que je pensais salvateur, mais qui n'était qu'une illusion. Une lame à double tranchant. Clara le Jour et Clara la Nuit avaient finalement le même visage, celui de la peur.

Il m'a fallu faire deux voyages pour comprendre. Le premier a été le plus difficile. Et le plus long.

PREMIER VOYAGE

1

En bas de l'escalier, je posai la question habituelle. Celle que je réservais à mes nouveaux clients. Le petit « plus », qui faisait démarrer ma prestation avant la chambre et fidélisait la clientèle.

— Tu veux que je m'applique pour monter, ou tu t'en fous ?

L'homme me regarda droit dans les yeux. À aucun instant son regard ne descendit sur mes jambes ou mon décolleté. Il me répondit « je m'en fous », d'une voix grave de fumeur, impassible, attendant que je décide de la suite des événements.

Je montai donc devant lui, mais sans effets de style, les marches menant au quatrième étage. Tout au long de mon ascension, je me demandai où se posait son regard. Question inutile en temps normal, la réponse étant évidente. Mais ce client-là ne ressemblait pas à ceux qui venaient habituellement me voir. Quelque chose dans la fixité de ses yeux et de ses attitudes le faisait ressembler à un ascète ou à un dément. Quelqu'un qui sait et qui n'attend plus rien du monde. Son élégance aussi m'avait surprise. Je ne parle pas de cette élégance qui s'achète au prix fort, comme un parfum destiné à cacher les odeurs désagréables et qui finalement se mélange à elles pour renvoyer une puanteur plus terrible encore. Son élégance était naturelle. Involontaire. Sa beauté aussi. Un visage douloureux, marqué par le temps. Une beauté accidentée. Accidentelle. Deux yeux sombres, surmontés d'une chevelure noire en friche, quelques cheveux blancs. Un homme de cinquante ans, peut-être. Il ne faisait pas partie de mes habitués et je ne l'avais jamais vu « Chez Louisa ». Un nouveau. Il y en avait parfois, rarement. Ils venaient me voir sur les conseils d'un de leurs amis, ou tombaient sur moi par hasard, au café.

J'étais intimidée et je n'avais plus l'habitude de cette sensation. Jamais un client ne m'avait intimidée. Cela remontait à beaucoup plus loin.

Je comptais sur Clara la Nuit pour cacher mon malaise. Les vêtements indécents et bon marché, le maquillage cru, sexuel. Mes peintures de guerre. J'en faisais des tonnes dans le registre « j'en ai vu d'autres ».

Nous arrivâmes au quatrième étage. Face à nous, la porte de la chambre. La peinture rouge écaillée mettait au jour un bois fatigué et verdâtre.

L'homme se tenait derrière moi, un peu en retrait, en attente. J'entrai la première et le laissai passer.

La chambre de bonne était éclairée par la lampe de chevet, que je n'éteignais jamais entre deux clients. L'air était orangé. L'homme se tenait debout, immobile, devant la porte que je venais de refermer. Il regardait. Le lit à barreaux, la chaise, la fenêtre donnant sur la rue et, dans un coin, le lavabo en faïence jaunie sur lequel étaient posés un savon et une serviette-éponge. Et puis moi.

— Tu me donnes mon petit cadeau tout de suite ? T'as pas une tête de voleur mais je préfère.

Face à son silence, les mots habituels. Rassurants. La pute et le client.

Il prit son portefeuille et en sortit un billet de cinquante euros. Orangé lui aussi. Je saisis le billet et allai le glisser avec les autres, dans le tiroir de la table de chevet. Puis, me tournant vers lui, je lui désignai le lavabo du regard.

— Un petit brin de toilette avant de commencer ? D'abord les mains, et le reste si tu veux. Pour le reste je peux t'aider...

Ma voix était aguicheuse. Je surjouais. Lui ne réagissait toujours pas. Son mutisme me rendait nerveuse et j'avais de plus en plus de mal à le cacher.

Puis, sans que je m'y attende, il se mit soudain en mouvement. Passant devant moi sans me regarder, il alla s'asseoir sur la chaise et me fit signe de la main pour que j'en fasse autant, sur le lit. Je m'exécutai. Nous étions face à face.

— T'es flic ?

Il me répondit un « non » sans appel et rassurant, mais la confusion régnait toujours dans mon esprit. Je ne savais quoi penser de l'homme qui se trouvait en face de moi, et ça aussi c'était inhabituel. Dans le doute, je décidai de jouer la carte de la complicité.

— Tu veux quelque chose de spécial, c'est ça ?

Reprenant son portefeuille, il en sortit un papier blanc plié en quatre et me le tendit. Mes gestes étaient hésitants, en attente d'un quelconque signe de sa part, un indice sur la marche à suivre. Mais le silence était l'unique réponse à mes questions.

Je pris le papier et le dépliai. Une écriture serrée et régulière couvrait partiellement la page. Des mots à l'encre noire, écrits avec application : « J'ai envie de vous. J'ai envie de vous, et je n'ai jamais eu envie de personne. Ne me laissez pas comme ça... »

Une déclaration. Des mots de désir et d'abandon, beaux et désespérés, portant en eux le pressentiment de l'échec.

Je parcourus rapidement la feuille et relevai les yeux vers l'homme.

— C'est quoi, ça ?

— Je veux que tu la lises... En y mettant le ton.

Mon refus fut violent. Une violence que je ne compris pas tout de suite, provoquée par la peur.

J'étais une pute, et je voulais que l'on me traite en pute. Il était hors de question que Clara le Jour empiète sur le territoire de Clara la Nuit. J'avais mis des années à construire cette frontière infime, tellement fragile. Je la protégeais férocement.

— Je ne peux pas. Je suis pute, pas comédienne. Moi on me file du fric, j'ouvre les cuisses et hop ! C'est tout. Et puis, à ta place, j'arrêterais le genre contemplatif parce que les trente minutes de ta passe, elles sont déjà bien entamées !

— Cinquante billets si tu lis et cinquante de plus si j'y crois. C'est comme ça qu'on parle aux putes ?

Il me dit ça très calmement, opposant sa sérénité et son assurance à mes invectives. Un combat perdu d'avance. Je finis par accepter.

Et c'est ainsi que débuta mon premier voyage.

Je commençai ma lecture de façon monocorde, avec précipitation. Je voulais en finir au plus vite.

— Arrête !

Levant les yeux de ma feuille, je le vis qui me regardait. Son visage grave ne portait aucune trace de colère ou d'impatience. Il attendait. Il savait que je finirais par lâcher prise. Il m'attendait.

— « J'ai envie de vous... J'ai envie de vous et je n'ai jamais eu envie de personne. Ne me laissez pas comme ça. Je n'ai plus de fierté, plus d'orgueil, et je m'en fous. Oui, je me fous de la fierté et de l'orgueil.

Maladies, cancers des sentiments. Je ne vous demande pas de m'aimer, juste de vous laisser aimer. Vous verrez, je serai douce. Avec vous, je suis sûre que je saurai. J'apprendrai vos silences, vos solitudes... J'attendrai que vous vous abandonniez, sans faire de bruit, sans vous gêner. Vous devez me croire. Je ne connais plus les gens, je ne les vois plus... Je vous aime. »

À aucun moment, durant ma lecture, je ne l'avais regardé. Mais j'avais senti son attention, figée, palpable, posée sur chaque parcelle de ma peau.

Retardant le moment où j'allais à nouveau lever les yeux sur lui, je repliai la feuille, lentement, tête baissée. Pour la seconde fois, ce fut lui qui brisa le silence.

— Merci...

Il souriait. Je ne pensais pas qu'il savait sourire. Un sourire un peu triste, presque un sourire d'enfant.

Puis, se levant, il me tendit les billets promis. En échange je lui rendis la feuille et, pour que Clara la Nuit ait le dernier mot, lui demandai :

— C'est vraiment tout ce que vous voulez ?

— Oui..., répondit-il un peu gêné. Tu es très belle.

Il prononça cette dernière phrase juste avant de se détourner de moi, comme pour s'excuser. Il ouvrit la porte et disparut. Je restai un moment seule, hébétée, incapable de faire le moindre geste. Après quelques minutes, mes premiers pas me conduisirent vers la fenêtre. Les bruits étouffés de la rue me parvenaient par vagues. Éclats de voix, sirènes de police... Échantillons d'histoires éclatées qui se mélangeaient et s'entrechoquaient dans l'air saturé de Paris. La nuit était tombée depuis longtemps. Je regardai la lumière chaude et réconfortante du bar de Louisa, sur le trottoir d'en face.

2

Comme après chacune de mes passes, ce soir-là, je traversai la rue et entrai Chez Louisa. Il était encore tôt, à peine 21 heures, mais je savais que mon travail était terminé pour cette nuit.

Au bistrot, c'était l'heure de pointe. Noctambules impénitents, insomniaques assoiffés, prostituées en pause syndicale. Tout ce beau monde palabrait autour du comptoir ou en salle, vidant des verres et échangeant des lieux communs au kilomètre.

Chez Louisa n'était pas ce que l'on appelle un bel endroit, mais on s'y sentait bien. Un bar de quartier comme beaucoup d'autres dans le coin, aux abords de la rue Saint-Denis, si ce n'était la personnalité étonnante de la patronne.

Louisa était une femme d'une quarantaine d'années, d'origine italienne. Il y a longtemps, dans une autre vie, elle avait été un homme. Un *ragazzo* beau comme une fille. Les hommes et les femmes de son village l'insultaient. Ils ne comprenaient pas. Alors Luigi avait pris un bateau, puis un train, et s'était retrouvé à Toulon. Il y était resté plusieurs années, avait tapiné près du port, dans le quartier chaud. Bien plus tard, il y eut Paris. Et encore après, l'opération. Luigi était devenu Louisa, c'est-à-dire lui-même, enfin.

Louisa ne parlait pas souvent de l'Italie. De temps en temps, comme un vieux refrain qui revient sur les lèvres on ne sait trop pourquoi.

Je savais seulement qu'il lui arrivait de regretter les roches sèches et coupantes de la Calabre, et la douceur de Rome.

Avant le bar et l'opération, Louisa s'était prostituée pendant dix ans à Paris. L'un des plus beaux travestis de la rue Saint-Denis. Elle recevait, chez elle, des habitués allant du chauffeur de taxi au cadre supérieur, en passant par la star de cinéma. Puis, la lassitude venant, elle avait acheté son bistrot. Un jour, un homme très grand à la belle gueule d'Indien Cheyenne était venu lui demander si elle avait besoin d'un serveur. Elle lui avait dit oui et Tony était devenu son amant. Son « miracle », comme elle l'appelait souvent. Quelque temps après, son opération avait été le point final de cette métamorphose dans les règles.

Tony était toujours là. Il était loyal avec Louisa et lui vouait un amour sans failles.

Je m'assis sur l'un des tabourets du comptoir et, sans que je le demande, Tony posa devant moi mon verre de bordeaux rouge. Un verre tous les deux ou trois clients. Une habitude tenace, que j'avais contractée depuis mon abandon du trottoir pour le bar de Louisa.

Cette dernière n'aimait pas me voir boire. Elle me le disait souvent, avec sa voix rauque et son accent italien. Je lui répondais en plaisantant qu'il ne fallait surtout pas qu'elle s'inquiète, que je ne buvais que pendant le « service ». C'était vrai. Un accessoire de plus dans la panoplie de Clara la Nuit.

Louisa était souvent soucieuse à mon sujet. D'une manière générale, elle était continuellement soucieuse pour les gens qu'elle aimait. Même sans raison. Enrobante et soucieuse.

Elle me surveillait du coin de l'œil, essayant de deviner ce que je ne lui disais pas, ce que mes silences cantonnaient volontairement à cette autre partie de mon existence dont elle ne savait rien. Parfois, elle envoyait Tony en éclaireur. Parfois, elle posait elle-même ses questions. J'esquivais, étant passée maître dans l'art de la dissimulation.

J'étais en train de boire mon verre de vin lorsqu'un client entra dans le café. Un de mes habitués. Marié, trois enfants, expert-comptable. Une fois par semaine, le lundi, il prétextait des comptes de résultats « qui n'en finissaient pas » pour venir me voir après le travail. La culpabilité le rendait transpirant et paranoïaque. Il me parlait en jetant des regards désespérés autour de lui, à l'affût du moindre visage familier.

C'est donc suant et très agité qu'il vint me voir et me demanda si l'on pouvait « y aller ».

— Désolée, mais j'ai fini pour ce soir.

Son anxiété monta d'un grade. Approchant sa bouche de mon oreille, il y déversa quelques reproches et un flot de paroles suppliantes destinées à m'attendrir.

— Tu sais comme c'est difficile pour moi de me libérer une fois par semaine. Je suis venu à 20 h 30 et tu n'étais pas là. On a un accord tous les deux... Le lundi à 20 h 30, c'est pour moi. Si on monte pas ce soir, il faudra que j'attende la semaine prochaine... Je ne peux pas, tu comprends ? Je ne peux pas...

Tony, qui gardait toujours un œil sur moi lorsqu'un client venait me parler, s'était rapproché de nous. Il n'attendait qu'un signe de ma part pour raccompagner le comptable dégoulinant à la porte.

— J'ai eu une passe qui a duré un peu plus longtemps que prévu... Ce soir, j'peux plus rien pour toi, mais j'suis pas la seule pute dans le quartier. Je suis sûre que tu trouveras ton bonheur.

Furieux mais ayant aperçu le regard fixe de Tony posé sur lui, le comptable mit brutalement fin à la conversation, non sans avoir pointé un index accusateur sur ma personne.

— O.K. si c'est ce que tu veux. Mais compte plus sur moi pour te filer mon fric !

Il n'était pas dans mes habitudes de manquer à l'appel. Ni de terminer plus tôt. Mes clients le savaient, et Louisa aussi. Cette petite altercation ne lui avait bien sûr pas échappé. Elle vint me voir et me demanda si j'allais bien. Je lui répondis que oui. Juste un peu de fatigue. Pour cette fois, elle n'insista pas.

Je crois que ce fut ce soir-là qu'elle me parla de l'incident avec Sylvia. La « p'tite Sylvia » était une fille du bitume. Une petite blonde aux tendances mythomanes qui travaillait rue Blondel sous la « protection » de Monsieur Roger, dit « L'Anguille », comme la plupart des filles du quartier. Louisa et moi ne l'aimions pas beaucoup. Une fille à histoires.

Elle était allée boire un verre chez Louisa, comme elle le faisait assez régulièrement et, l'alcool aidant, avait commencé à racoler un client du bar. Défendant mes intérêts et sa réputation, la patronne lui avait demandé d'arrêter « ça » tout de suite et Sylvia s'était emportée violemment, invectivant Louisa et lui demandant pourquoi je devais être la seule pute autorisée à tapiner chez elle.

Louisa avait répondu qu'elle n'était pas proxo et que si elle me laissait tapiner dans son bar, c'était par amitié pour moi. Rien d'autre.

Insultes et volume allant crescendo, Tony avait finalement pris la décision de raccompagner Sylvia jusqu'à la porte.

— Non mais, tu te rends compte, c'est un endroit respectable ici, pas un bordel !

Lorsqu'elle s'énervait, Louisa avait l'accent qui revenait en force. Je ne pus m'empêcher de sourire.

— C'est ma faute, patron. Je leur donne de mauvaises idées...

— Toi, tu es chez toi ici. Les autres, elles se débrouillent comme elles veulent. C'est pas les bars à putes qui manquent dans le quartier.

Mon statut d'indépendante avait souvent suscité la jalousie. Mais c'était la première fois que ce statut particulier ainsi que l'hospitalité de Louisa à mon égard faisaient réagir l'une des filles aussi ouvertement.

Sylvia n'était pas réapparue au bar depuis cette altercation.

Je restai encore une petite heure chez Louisa puis retournai dans la chambre pour me changer. C'était un rituel immuable.

Debout au milieu de la pièce, je retirais mes escarpins de la pointe des pieds. Les talons aiguilles en fer claquaient sur le plancher. Je descendais ensuite la fermeture Éclair de ma jupe noire en cuir, que je laissais glisser le long de mes jambes. Je la ramassais et la posais sur le lit. Puis c'était mon cache-cœur, noir lui aussi, au décolleté profond, que je mettais à côté de la jupe. Restaient les bas et les porte-jarretelles, accessoires ultimes me rattachant à la nuit.

Après une douche nécessaire dans la salle d'eau commune à tout l'étage (entre chaque passe, je me contentais du lavabo qui me permettait une toilette intime et succincte), je prenais mon sac de sport, que j'emportais tous les jours avec moi, et procédais à un échange. J'en sortais mes vêtements « civils » et les remplaçais par mon uniforme d'oiseau nocturne.

Je terminais toujours par le démaquillage, face au miroir que j'avais suspendu au-dessus du lavabo.

J'accomplissais ces gestes lentement, avec précision, chaque soir. Comme un sas de décompression, une sorte de no man's land entre mes deux vies.

Je descendais ensuite dans la rue, mon sac sur l'épaule, et marchais jusqu'à la station Arts-et-Métiers. Je prenais habituellement le dernier métro. 1 h 05. Mais cette nuit-là, il n'était que 22 h 45 lorsque je m'assis dans ma rame, direction Mairie-des-Lilas. Je sortis quatre stations plus loin, métro Pyrénées. Mon autre vie.

3

Je restai hantée quelques jours par le souvenir de l'homme à la « déclaration ». Des images et des mots me revenaient, à certains moments de la journée ou de la nuit, sans que je cherche à expliquer ou à nommer les sentiments qu'ils provoquaient en moi. Puis, la monotonie répétitive de mes journées finit par avoir raison de ces flash-back impromptus.

J'habitais à côté du parc des Buttes-Chaumont. J'emploie un temps passé, ne sachant pas pour l'instant si j'y revivrai un jour. Tout cela paraît si loin de moi à présent.

De mon appartement, un deux-pièces agréable perché au neuvième et dernier étage d'un paquebot de béton datant des années 70, je voyais la tour Eiffel et le Sacré-Cœur. Le soir, la lumière de la tour venait taper à intervalles réguliers contre le mur de mon salon.

Autour de mon immeuble voguaient d'autres paquebots imposants et inesthétiques. Ces aberrations architecturales côtoyaient des maisons de ville à dimension humaine et des immeubles insalubres rescapés du vieux Belleville, au bord de la démolition. De petites rues commerçantes mêlaient artisanat africain, salons de tatouages, galeries d'art avant-gardistes, librairies pour enfants, boucheries casher et épiceries arabes. Cette population frayait avec bonheur ou violence, s'interpellait, se frôlait, s'observait, pactisait... Sans jamais vraiment se mélanger.

Je pense que c'est ce que j'aimais dans cet endroit. Le contraste. Ma vie tout entière n'était faite que de ça.

Entre Clara le Jour et Clara la Nuit, il y avait une frontière qui se réduisait à un nombre : vingt. Tous les soirs, à 20 heures précises, je faisais mon entrée chez Louisa. Je repartais chaque nuit avec le dernier métro. Jamais plus tard et, sauf exception, jamais plus tôt.

Toutes mes journées étaient construites sur le même schéma. 7 h 30 : lever et gym. Vélo d'appartement, abdos. 8 h 30 : petit déjeuner. Consistant. Thé, céréales, jus d'orange, yaourt. 9 heures : douche. 9 h 30 : promenade et lecture au parc, ou achats à la librairie, selon le temps. 11 heures : courses diverses. 12 h 30 : déjeuner.

L'après-midi laissait une marge très étroite aux imprévus d'ordre administratif et autres visites chez le médecin. Vers 18 heures, je préparais mon sac de sport. Toujours la même tenue. Le haut était lavé et séché chaque matin, la jupe en cuir changée aux premiers signes d'usure. Je prenais mon métro à 19 heures et lisais pendant tout le trajet. J'arrivais dans ma chambre vers 19 h 30, m'accordais le temps de me changer et descendais chez Louisa. 20 heures. Ma frontière.

Ces horaires draconiens me donnaient le sentiment de mettre ma vie à l'abri du hasard et des perturbations de toutes sortes. Ils me donnaient également l'impression de maintenir un certain équilibre, une ligne de conduite au milieu d'une situation à la limite de la schizophrénie.

Mes journées étaient le négatif de mes nuits. Pas d'alcool, pas de sexe, pas d'hommes. Seule la rigueur avec laquelle je respectais les horaires que je m'étais fixés reliait ces deux versants de ma vie. Ce contraste me semblait nécessaire à ma survie physique et mentale. Le mélange des genres m'aurait tuée. J'avais vu tellement de filles se détruire à cause de ça.

Je m'imposais également une solitude totale, craignant le regard des autres et voulant à tout prix éviter les désordres inhérents à leur fréquentation prolongée. Le jour, je ne voyais personne. La nuit, seuls Louisa et Tony échappaient à cette règle. Ils étaient une famille de substitution, même si je ne leur révélais rien de ma vie diurne. Quant aux autres filles, je leur parlais très peu et n'avais jamais eu de relations autres que professionnelles avec mes clients.

J'étais certainement la prostituée qui avait le plus de principes sur la place de Paris. Mais ces principes me permettaient d'être à peu près sereine et en bonne santé. Parfois même, je me laissais gagner par une sensation proche du bien-être physique. Cela m'arrivait fréquemment lors de mes promenades au parc. Dans ces moments-là, j'avais le sentiment que ma vie me convenait de manière totale.

Une autre source de plaisir était la lecture. Elle l'est toujours. Les livres m'ont sauvée de la barbarie.

4

Le sexe n'avait jamais été un problème pour moi. Il m'arrivait d'avoir du plaisir, même si cela s'était raréfié avec le temps. Lorsque le film ne me convenait pas, je quittais la salle. Je « m'absentais ». J'avais cette capacité à détacher mon esprit de mes sensations physiques. C'est un don précieux que je cultive depuis l'enfance, une perception aiguë des événements qui, de manière paradoxale, me permet de m'en libérer. Cela ne veut pas dire que j'étais inerte. Loin de là. Je jouais mon rôle jusqu'au bout, poussant parfois le professionnalisme jusqu'à la simulation.

Mon premier client s'appelait Akiro. Un restaurateur japonais débarqué en France dans les années 80, précurseur du sushi dans l'Hexagone, et pratiquant un français minimaliste.

J'étais arrivée à Paris quelques semaines plus tôt et je vivais dans un hôtel insalubre près de la gare du

Nord. L'hôtel Éden. Ayant quitté précipitamment ma province natale suite à une violente dispute avec mon père, je n'avais rien. Rien à part mes dix-sept ans et un physique qu'on disait gracieux.

Je pensais que Paris était la ville des possibles. Je m'attendais au pire et au meilleur. J'espérais des sentiments extrêmes, des passions déchirantes et des douleurs dévastatrices. Je voulais la vraie vie, pas cette médiocrité dans laquelle j'avais été élevée et maintenue jusque-là. Mon exaltation tout adolescente fut mise à sac. Je me retrouvai rapidement serveuse dans l'une des brasseries de la gare du Nord, répétant ainsi une situation que je connaissais par cœur. Depuis l'âge de douze ans, j'avais régulièrement été serveuse dans le restaurant de mon père, activité que j'exécrais par-dessus tout.

La nuit, les couloirs de mon hôtel résonnaient des murmures et des pas des prostituées qui emmenaient là leurs clients. Allongée sur mon lit, j'écoutais. Parfois, des éclats de plaisir s'échappaient des chambres voisines et parvenaient jusqu'à moi. Cris, soupirs, chocs répétés des sexes qui se heurtent... C'est certainement dans l'obscurité de cette chambre d'hôtel que pour la première fois la prostitution m'est apparue comme une possibilité, un choix envisageable.

J'avais remarqué une fille qui me paraissait apte à m'initier aux subtilités de cette profession. Je la croisais le matin, très tôt, lorsque je « faisais la nuit » à la brasserie de la gare. Je décidai de lui parler et nous devînmes assez rapidement amies. Rose était une solitaire, et c'était ce qui me plaisait chez elle. L'homme qu'elle aimait l'avait mise sur le trottoir, dix ans plus tôt, et elle avait profité de son arrestation pour changer de quartier et s'affranchir. Elle attendait avec appréhension le jour de sa libération, qui approchait à grands pas, et espérait avoir mis suffisamment d'argent de côté ce jour-là pour pouvoir recommencer sa vie ailleurs. Rose m'apprit l'essentiel. Elle essaya aussi de me dissuader, en vain. Ma décision était prise.

Ce fut donc en bonne élève et l'esprit plein de ses conseils qu'un soir je n'allai pas travailler et me retrouvai à ses côtés, en bas de l'hôtel Éden. Par chance, nous faisions approximativement la même taille et le même poids. Elle m'avait donc prêté des vêtements : minijupe, haut vaporeux, bas, et surtout une paire de jarretières qui me serraient affreusement, mon tour de cuisse étant plus grand que le sien. Je me tenais à côté d'elle, me sentant terriblement gauche mais aussi protégée dans cette panoplie d'emprunt, tellement loin de ma garde-robe habituelle. Celle d'un garçon manqué de dix-sept ans, à mi-chemin entre l'adolescence et l'âge adulte.

Ce fut Rose qui, la première, repéra Akiro sur le trottoir d'en face. Il s'apprêtait à traverser pour venir me rejoindre. Il m'avait choisie. Rose me dit quelques mots avant de s'éloigner.

— Je le connais, il est tordu mais pas trop. Laisse-le mater et il t'emmerdera pas...

Je voulus lui demander des précisions, mais Akiro était déjà posté juste devant moi.

— Combien ?

Il avait un accent bien marqué et une corpulence certaine. Je pensai immédiatement à *Belle de jour*.

— Deux cents, plus la chambre.

Le tarif lui convenant, nous prîmes donc, Akiro et moi, le chemin de la réception de l'hôtel. Le veilleur de nuit, un gentil garçon avec qui il m'était arrivé de parler littérature en revenant du travail, ne cacha pas sa surprise lorsqu'il me vit arriver avec mon Japonais. Appliquant la règle d'or de Rose, qui était de ne jamais tout mélanger, je lui demandai une autre chambre que la mienne. Une chambre avec douche...

— Et bidet, ajouta Akiro.

Cette précision ne me perturba pas outre mesure. Non. La seule chose qui m'inquiéta, et qui occupa mon esprit jusqu'à ce que nous arrivions dans la chambre, fut de savoir comment j'allais gérer le poids d'Akiro. Je n'avais eu que deux amants avant d'arriver à Paris, tous les deux très minces, et l'idée de faire l'amour avec quelqu'un de son gabarit m'angoissait énormément. Une angoisse absurde, due certainement à mon jeune âge et à mon inexpérience.

La chambre 22 était plus grande que la mienne, pour une laideur équivalente. De la moquette sombre au sol et sur les murs, un lit à deux places au sommier défoncé et une collection de luminaires tous plus effroyables et poussiéreux les uns que les autres. Une fois à l'intérieur, je demandai tout de suite à Akiro de régler la passe. Il s'exécuta sans problème et s'inclina en me tendant les billets. Un peu déstabilisée, je bredouillai un merci approximatif et rangeai l'argent dans le sac à main que Rose m'avait aussi prêté pour l'occasion. Il fallait enchaîner. Debout face à lui, au milieu de la chambre, je ne savais trop comment lui suggérer d'aller faire un brin de toilette avant de me rejoindre. Se rendant compte de mon embarras, Akiro me sourit très gentiment.

— Nouvelle ?

Je fis oui de la tête. Cela le ravit. Tendant sa main en direction de la salle de bains, il m'invita à le précéder dans la pièce qui était à plus justement parler une salle d'eau. Un bac de douche, un lavabo et, coincé entre les deux, le fameux bidet.

Le Japonais, toujours souriant, avait pris la direction des opérations.

— Déshabiller !

Je m'empressai de retirer, non sans un soulagement extrême, mes jarretières. Ma peau, très blanche, portait la marque rosée de l'élastique caché sous la dentelle. Puis j'enlevai tout le reste. Akiro regardait avec une attention méticuleuse cet effeuillage maladroit, fixant chaque nouvelle partie de mon corps révélée à lui, attendant la suite avec une avidité à peine retenue.

Lorsque je fus entièrement nue, il s'approcha doucement de moi et se mit à genoux. Son visage était à quelques centimètres de mon sexe. Très délicatement, il inséra ses doigts entre mes lèvres et les écarta, offrant mon intimité à son regard. Il resta quelques minutes ainsi, fasciné et contemplatif, ses yeux parcourant inlassablement les moindres détails de mon sexe ouvert. Puis, retrouvant le sourire que sa concentration lui avait fait perdre, il me fit signe de m'asseoir sur le bidet. Le contact froid de la faïence me fit frissonner

— Laver !

Akiro me tendit une savonnette qui sentait la lavande. Un peu surprise et vexée, je pensai d'abord à une simple mesure d'hygiène de sa part. Je ne compris que lorsque je commençai à me laver. Toujours à genoux et sans quitter mon sexe des yeux, Akiro descendit doucement sa braguette, sortit son pénis en érection et commença à se masturber en poussant des râles désespérés.

Il atteignit l'orgasme lorsque je rinçai mon sexe et que ma chair, rose et brillante, débarrassée de toute trace de savon, réapparut.

Le spectacle de cet homme imposant, agenouillé sur le carrelage de cette salle d'eau exiguë, la tête rejetée en arrière, épuisé du plaisir qu'il venait de se donner, avait quelque chose de fantastique. Il lui fallut une minute ou deux pour recouvrer ses esprits et se relever avec difficulté. Je n'avais pas bougé, en prévision de nouvelles directives. Contre toute attente, il s'inclina avec respect et sortit de la pièce, puis de la chambre. Je restai quelques secondes interdite, inconsciente du ridicule de ma posture.

Ce soir-là, je ne redescendis pas sur le trottoir. Je regagnai ma chambre habituelle et me livrai à une introspection minutieuse. La conclusion de cette plongée en moi-même tenait en deux questions-réponses très simples : avais-je eu peur ? Non. Allais-je recommencer ? Oui.

Je savais que tous les clients ne seraient pas comme Akiro. Je savais qu'il y aurait des passes plus difficiles. Des moments où il faudrait que je surmonte mon dégoût. Mais à cet instant, j'étais toute à l'exploration de ma part d'ombre. L'ivresse des profondeurs.

Le lendemain, j'achetai des porte-jarretelles à ma taille.

5

Il s'était peut-être écoulé deux semaines depuis la « déclaration » lorsque je vis le tableau pour la première fois. C'était un matin. Je revenais du parc, où j'avais lu pendant plus d'une heure, et je n'avais pas envie de rentrer. La douceur de l'air, sûrement.

Il y avait une galerie d'art, rue de la Villette, devant laquelle je m'arrêtais de temps en temps. Elle exposait des artistes de Belleville. Je n'en avais jamais franchi le seuil, ayant toujours eu un complexe d'infériorité face aux différentes manifestations de l'art, complexe proportionnel à l'intérêt et à la fascination que je leur portais. Mon intransigeance envers mes propres lacunes en la matière me condamnait à une contemplation distante et silencieuse.

Ce jour-là, un tableau accrocha mon regard. Il était exposé parmi d'autres, dans la vitrine de la galerie, et j'eus immédiatement la certitude un peu enfantine qu'il était là pour moi.

Sur la toile, une femme accoudée à un comptoir de bar. Lasse, les yeux posés sur son verre de vin, le regard absent. Autour d'elle, des personnages à peine esquissés. Une foule sans visages.

J'étais devant cette toile comme devant un miroir déformé. J'y voyais des parcelles de moi, ou plutôt de Clara la Nuit, mélangées à d'autres, inconnues. Une chevelure identique à la mienne, longue et brune, une même solitude, et surtout, un même regard. Sans pays. Elle portait une robe rouge carmin, assez longue, une robe d'été. Sur ses lèvres, plus charnues que les miennes, la même couleur. Le plaisir ou la souffrance.

Je ne sais combien de temps je suis restée face à ce tableau. Mon sens du devoir et des horaires me ramena sans doute à la réalité. Je gardai en moi le trouble provoqué par cette étrange ressemblance et repris le chemin de mon appartement. Je me sentais heureuse et fragile.

On ne pense pas toujours à remercier les artistes. On prend ce qu'ils donnent et on s'en va. J'ai vu votre tableau et j'ai eu envie de vous dire merci.

À ce moment-là, je ne savais pas encore que c'était vous. Que mon image était restée en vous et que vous l'aviez mise sur une toile, mélangée à vos souvenirs et à vos regrets d'un autre temps.

Par cet acte, vous m'avez donné une troisième vie, parallèle aux deux autres. La plus juste des trois. La plus proche de ma vérité et de ma mélancolie. Une vie en robe d'été rouge. J'étais heureuse que cette vérité-là, que je m'interdisais et qui m'étouffait, existe quelque part. Grâce à vous.

6

19 heures. Comme tous les soirs, j'attendais le métro à la station Pyrénées.

Était-ce dû au tableau que j'avais vu le matin même ou à la chaleur douce, exceptionnelle pour un début de printemps, qui enveloppait Paris ? Je me sentais légère. Un sentiment d'insouciance, inhabituel et enivrant, s'était glissé en moi et ne voulait plus me quitter.

Je me souviens que les voyageurs ne cessaient de se déverser sur le quai, en vagues successives et bruyantes, et que cela n'y changeait rien.

Je me souviens aussi qu'un homme ne m'avait pas quittée des yeux, en attendant l'arrivée du train, et que cela m'avait beaucoup amusée.

Il essayait de saisir un regard que je gardais obstinément vague, et se rapprochait doucement de moi, profitant de chaque mouvement de foule, jusqu'à ce que son bras vienne toucher le mien et que l'odeur de son eau de toilette me parvienne sous forme d'effluves lourds et désagréables.

L'arrivée du train mit fin à ce calvaire. Mon admirateur ne put monter dans ma voiture, trop bondée, et dut se résigner à abandonner ses tentatives de rapprochement.

Je n'avais pas ouvert le livre que je tenais à la main. Mon compagnon de voyage. Je reculais ce moment de plaisir, pour le rendre plus agréable encore. Debout, calée contre des corps chauds et transpirants, j'attendais que la rame se remette en mouvement.

Vingt minutes plus tard, je sortis du métro et rangeai le livre dans mon sac de sport. La chaleur rendait le quartier du Temple plus électrique que jamais. Une fourmilière au bord de l'implosion. Je marchai rapidement et me retrouvai dans la pénombre tiède du hall du vieil immeuble qui abritait ma chambre de bonne. Je montai les marches le plus discrètement possible. J'avais régulièrement des problèmes avec quelques locataires qui se plaignaient de certains bruits inhérents à mon activité nocturne et l'un d'eux, un vieux garçon qui habitait au deuxième étage, était particulièrement agressif. Il me jetait, lorsqu'il nous arrivait de nous croiser dans les escaliers, des regards haineux qui me faisaient penser qu'il était encore puceau et que la simple vue de ma personne était pour lui une torture sans nom.

Une fois changée, je fis comme chaque soir mon entrée chez Louisa. Ici aussi, l'ambiance était à la légèreté. La patronne était en pleine forme et ressemblait à une caricature de la parfaite italienne. Elle parlait fort, devant une cour passablement éméchée et conquise.

Elle m'accueillit avec le sourire et m'embrassa en se penchant par-dessus le comptoir. Tony fit de même.

Je bavardai un moment avec eux, tout en buvant mon verre de vin. Ce qui me fit tourner la tête et regarder derrière moi fut un changement à peine perceptible dans l'atmosphère, une onde infime troublant les molécules d'air et terminant sa course au creux de ma nuque sous forme de picotements aigus.

Des yeux bleu iceberg me fixaient. Un homme m'attendait. Un visage émacié, des cheveux blonds coupés ras, un costume clair certainement hors de prix. Ma légèreté se transforma en chape de plomb.

Ce n'était pas un habitué. Je ne l'avais encore jamais vu chez Louisa. Il émanait de lui une violence contenue, qu'une apparence de grand calme ne parvenait pas à cacher. Il s'approcha de moi et me demanda mes tarifs. Contraste étrange et frappant, il avait une voix haut perchée. Ce détail aurait pu me faire sourire, si le reste de sa personne ne m'avait à ce point déplu.

Juste avant de quitter le bar, je lançai à Tony le regard dont nous étions convenus lorsqu'un client me paraissait louche. Ainsi, je savais qu'il jetterait de temps en temps un coup d'œil vers la fenêtre de la chambre. À moi de m'arranger pour lui faire signe en cas de problème.

L'homme me parla beaucoup, durant le court trajet qui nous mena dans la chambre de bonne. Il me dit notamment qu'un ami lui avait conseillé de venir me voir, et que ma réputation était excellente. Il me posa également un grand nombre de questions. Sur mon parcours, mes habitudes... Je lui répondais du bout des lèvres, maintenant volontairement une distance que nos corps franchiraient bien assez tôt.

Son bavardage prit fin au moment de passer à l'acte. Il me régla la passe et, à partir de cet instant, toute son attention et sa personne furent entièrement concentrées sur la satisfaction de son désir. Il me donnait des ordres avec fermeté, sachant précisément ce qu'il voulait et comment il le voulait.

S'asseyant sur le lit, il me demanda d'abord de descendre sa braguette et de prendre son sexe dans ma bouche. Je m'exécutai sagement, libérant son pénis déjà en érection et posant un préservatif sur la pointe de ma langue. Puis, à l'aide de mes lèvres je déroulai le latex jusqu'à la base de son organe, le prenant ainsi tout entier dans ma bouche.

Ses deux mains, plaquées de chaque côté de ma tête, m'obligèrent rapidement à des mouvements de va-et-vient de plus en plus rapprochés. Au comble de l'excitation, il me demanda soudainement d'arrêter et de me mettre à quatre pattes sur le lit.

— Garde tes vêtements...

Je remontai ma jupe en cuir et me mis en position. Il abaissa mon string avec précipitation et me prit par-derrière, furieusement. Je ne m'attendais pas à ça. Généralement, mes clients me demandaient l'autorisation avant de s'engager dans cette voie plus étroite.

Il y avait dans ses assauts la haine, la vengeance, le venin, toutes les humiliations subies et celles à infliger. Mon corps tremblait à chaque coup de reins, réceptacle de la colère de cet inconnu qui lui faisait la guerre. J'avais le sentiment qu'il mettait ma résistance à l'épreuve, sciemment. Qu'entre lui et moi se jouait un duel étrange. À lui de retenir sa jouissance, à moi de faire abstraction de mon épuisement et de la sensation de brûlure que je commençais à ressentir.

Il fut le premier à rendre les armes. Il jouit dans un cri rauque, un cri de guerrier qui succombe en plein champ de bataille, traversé par la lame de l'ennemi.

Il s'allongea sur le dos, les yeux fermés, le souffle

court. De mon côté, je remontai mon string et m'assis sur le bord du lit pour changer un de mes bas qui avait craqué au niveau du genou. Je voulais qu'il s'en aille.

— Tu te remettras de tes émotions dehors. La demi-heure est finie.

Il avait ouvert les yeux et me regardait avec un drôle de sourire satisfait.

— Mon ami avait raison. Tu es parfaite.

Je ne répondis pas à son compliment. Mon bas changé, je me levai et allai me recoiffer face au miroir. Sa présence me rendait nerveuse. Son sourire, son regard, tout chez lui était, à mes yeux, répulsif.

Il finit par se lever, rangea son sexe ainsi que sa chemise dans son pantalon, fit de vaines tentatives pour défroisser la veste de costume qu'il avait gardée sur lui, et vint se poster derrière moi. N'ayant pas envie de lui faire face je le regardai dans le miroir, attentive à ses moindres gestes, prête à me défendre ou à courir vers la fenêtre.

— On se reverra sûrement. Je crois que je suis accro...

Il me parlait en me caressant doucement les cheveux, arborant un sourire faussement amical et me fixant de ses yeux aussi clairs que mauvais.

Lorsqu'il quitta enfin la pièce, un soupir de soulagement vida mes poumons. Je décidai de procéder à une toilette complète et purificatrice, et utilisai pour la première fois entre deux clients la douche commune qui se trouvait à l'étage. L'eau me fit beaucoup de bien. Elle me débarrassa de l'étranger encore présent sur mon corps : son sperme, ses empreintes sur mes hanches, son goût dans ma bouche, elle les entraîna vers les égouts de Paris dans un tourbillon grisâtre et mousseux. Ma nuit pouvait continuer.

7

Le lendemain, je me réveillai à l'heure habituelle mais avec difficulté. Mon crâne subissait les attaques douloureuses d'une migraine lancinante que la lumière du jour accentua, lorsque j'ouvris les volets. Le bruit de la pluie, qui tombait sur les rebords de chaque fenêtre, était un supplice. Tout contact avec mon environnement m'était pénible, chaque geste laborieux. Je décidai de ne pas faire mes exercices matinaux et passai directement au petit déjeuner, qui traîna en longueur et m'ancra doucement dans la réalité des gestes quotidiens. J'allumai la radio. Une chaîne d'informations en continu me donna des nouvelles du monde et acheva de me rattacher à la vie extérieure et à ses contraintes.

Je devais absolument passer à la librairie ce matin-là. J'allais me retrouver à court de lecture, et l'idée de prendre le métro sans livre m'était insupportable. Le parc des Buttes Chaumont étant impraticable pour cause de pluie, j'allai donc directement à la librairie en partant de chez moi.

Quand j'en ressortis, une demi-heure plus tard, la pluie avait cessé. Je marchais rapidement, impatiente de rentrer pour me plonger dans mes nouvelles lectures. Ce qui arrêta ma course de façon soudaine fut la vision du tableau, toujours en vitrine, comme en attente de désir. Peut-être en attente de moi. Ce fut en tout cas le sentiment qui m'habita à cet instant précis et me donna envie, pour la première fois de mon existence, de franchir le seuil d'une galerie d'art.

J'allais traverser la rue qui m'en séparait lorsque je vis un homme y entrer. Brun, de taille moyenne, portant un pantalon de treillis et un vieux pull bleu marine troué et taché de peinture. Sous son bras, une toile grand format dont je ne voyais que l'envers. Je ne le reconnus pas tout de suite. Il fallut attendre qu'il serre la main du galeriste et que son visage effectue une légère rotation en direction de la vitrine. C'était l'homme de la « déclaration ». Il était là, à quelques dizaines de mètres de moi, et avec lui ce fut Clara la Nuit qui fit soudainement irruption dans la vie de Clara le Jour, de manière brutale et incontrôlable. Ces deux vies que j'avais toujours voulues linéaires et parallèles étaient en train de se croiser. Une brèche s'était ouverte.

J'étais paralysée par la peur et restai là, sur le trottoir, incapable de prendre la moindre décision. Je ne pus que continuer à les regarder. Je compris à leurs gestes qu'ils parlaient du tableau en vitrine. Puis l'homme de la « déclaration » montra au galeriste la toile qu'il avait apportée. Le marchand d'art prit son temps pour l'examiner, s'approchant et s'éloignant du tableau avec zèle, plissant les yeux et hochant finalement la tête en signe d'approbation. Quelques paroles échangées encore, et l'homme de la déclaration ressortit de la galerie. Terrifiée à l'idée qu'il puisse me voir, je fis volte-face et me dirigeai vers un kiosque à journaux, quelques mètres plus loin. J'achetai, pour me donner une contenance, un guide des spectacles de Paris et attendit une poignée de minutes qui me parurent interminables avant de me retourner. Il n'était plus là. Étrangement, j'étais à la fois soulagée et déçue. Je me sentais un peu ridicule, mon guide entre les mains, moi qui ne sortais la tête de mes livres que pour aller travailler.

Après quelques instants d'indécision durant lesquels je me demandai quoi faire des cinq prochaines minutes de ma vie, je traversai enfin la rue qui me séparait de la galerie et en franchis le seuil. Une fois à l'intérieur je me sentis affreusement mal à l'aise. Bien plus que je ne l'avais imaginé.

Le galeriste vint tout de suite vers moi avec un large sourire commercial et me demanda s'il pouvait m'être utile en quoi que ce soit. Il était plutôt joli garçon et devait avoir une trentaine d'années. Il y avait, derrière sa fausse décontraction et son assurance, un désir de bien faire qui le rendait touchant et me rassura un peu.

— Je regarde… merci.

Je ne sais pas s'il se rendit compte de ma gêne mais il n'insista pas et s'assit à son bureau d'où il passa plusieurs coups de fil à la suite. J'étais soulagée de le voir ainsi occupé. La galerie n'était pas grande mais assez largement fournie en tableaux de styles et d'inspiration très différents. Je fis un tour rapide, pour sauver les apparences, et revint vite vers la raison véritable de ma présence dans cet endroit.

Il n'y avait plus la vitrine entre mon regard et la toile. Cette proximité soudaine m'émut aux larmes. Les rugosités et le relief de la peinture rendaient cette femme terriblement présente. Charnelle et vulnérable. Quant à la ressemblance avec moi, de près je la trouvais encore plus frappante. Perdue dans ce flot de pensées et de sensations, je ne m'étais pas rendu compte que le galeriste avait cessé de téléphoner. Sa voix me ramena douloureusement à la réalité.

— Ici, nous n'exposons que les artistes du quartier…

Face à mon silence et à mon regard rivé sur la toile, il adopta une autre stratégie et me parla de ce qui focalisait toute mon attention.

— Vous avez l'air intéressée par cette toile ?

— Je n'y connais pas grand-chose, mais elle me plaît beaucoup. Qui l'a peinte ? demandai-je sans détourner mes yeux du tableau.

— Daniel Leibowitz. Son atelier est juste à côté... Beaucoup de talent, et une personnalité intéressante...

Je répétais le nom du peintre dans ma tête. Un nom qui faisait de lui un être vivant, loin des figures sans visages de ma chambre de bonne.

— ... En ce moment, il est plutôt en forme. Il travaille beaucoup. Il m'a apporté une nouvelle toile tout à l'heure, juste avant que vous n'arriviez.

Je ne pensais plus à ce tableau. Je ne l'avais pas cherché, trop obsédée par celui de la vitrine. Le jeune homme se leva de son bureau et se saisit d'une toile posée à même le sol, la maintenant quelques instants à hauteur de regard.

— Pas mal, hein ? Je n'ai pas encore eu le temps de l'exposer.

Toujours cette même femme. Toujours cette ressemblance. Elle était allongée sur un divan pourpre, nue, sereine. Autour d'elle, des couleurs violentes, des lignes fugitives et aléatoires. Et cette femme, imperturbable. À jamais silencieuse et intouchable.

Le galeriste reposa la toile et me regarda. Peut-être attendait-il un commentaire de ma part, une opinion sur ce qu'il venait de me montrer. En étant bien incapable et voulant couper court à mon émotion, je lui demandai le prix du tableau en vitrine. Il parut surpris et retourna à son bureau pour consulter son catalogue.

— Cinq cents euros, dit-il en relevant la tête.

— Je le prends.

Je ne m'étais posé aucune question sur l'honnêteté de son tarif. Je voulais ce tableau. C'est tout.

— On organise une soirée dans trois semaines, dit-il alors qu'il emballait mon tableau. Les artistes de la galerie seront là. On fait ça de temps en temps, ça permet aux gens de les rencontrer, de leur poser des questions. C'est gratuit et ouvert à tout le monde. Daniel devrait venir. Il n'est pas très mondain mais il m'a promis. Si ça vous intéresse de le voir...

Il me tendit un prospectus sur lequel figuraient la date et l'heure de la soirée. Je le remerciai, récupérai le tableau emballé avec soin et sortis de la galerie.

Je jetai le papier sur le trottoir et m'efforçai d'oublier la date et l'heure que j'y avais lues.

8

Je classais mes clients en deux catégories. Les « classiques » et les « hors-séries ». Lorsque je revenais d'une passe avec un nouveau client, Louisa me posait souvent la question : « Classique ou hors-série ? » C'était notre code.

Dans les « classiques », il y avait pas mal de pères de famille et d'époux modèles.

Ils venaient généralement me voir afin d'obtenir ce que leurs épouses légitimes leur refusaient. Je savais à peu près à quoi m'attendre et étais rarement surprise. Clients réguliers, je pouvais avoir avec eux un semblant de communication et certains se confiaient à moi, me parlant dans les détails de leur vie souvent insatisfaisante et de leur misère sexuelle.

L'homosexualité refoulée faisait des ravages dans cette catégorie. Quelques-uns de mes clients, qui se refusaient à aller voir des prostitués masculins ou des travestis et n'osaient demander ce genre de prestation à leurs femmes, venaient me trouver pour que je les prenne à l'aide de différents gadgets qu'ils apportaient avec eux. Certains étaient très lucides sur leurs « aspirations défendues ». D'autres, beaucoup moins.

Avec les « hors-séries », la donne était un peu plus aléatoire et les requêtes sexuelles parfois surprenantes. C'était ce que Rose, mon initiatrice, appelait dans sa propre classification les « tordus ». En vingt ans de prostitution, j'avais eu le temps de faire le tour de toutes les curiosités possibles et imaginables dans le domaine.

Il m'arrivait de dire « non ». D'une manière générale, je refusais tout ce qui pouvait mettre ma vie et ma santé, ainsi que celles de mes clients, en danger. J'évitais également les activités de groupe, trop risquées. Je n'acceptais jamais plus de deux clients à la fois, et, depuis que je les attendais chez Louisa, toujours dans ma chambre de bonne.

J'avais été plus téméraire, à mes débuts. J'étais montée dans des voitures et des camping-cars, avais fait ça à même le bitume gluant de ruelles obscures et de locaux à poubelles.

Mais, contrairement à d'autres filles, je ne commettais pas indéfiniment les mêmes erreurs.

Ce fut sans doute ce sens inné de ma propre survie qui me fit imposer le port obligatoire du préservatif à mes clients, dès mes premières passes, au milieu des années 80.

Pour certaines, la prise de conscience fut plus tardive. Pour d'autres, la bonne tête de certains michetons ou la somme qu'ils étaient prêts à dépenser pour ne pas utiliser de protection leur suffisait à faire l'impasse.

Rose est morte en 1988. Elle avait arrêté le tapin deux ans auparavant et habitait dans la Creuse une maison achetée avec l'argent qu'elle avait réussi à mettre de côté pendant quinze années de prostitution. Elle avait été contaminée au début des années 80, alors que les médias et la plupart des gens cherchaient encore à se rassurer en parlant de « cancer gay ». Rose était déjà séropositive quand nous nous étions rencontrées, mais ni elle ni moi ne le savions. J'ai gardé, soigneusement rangé dans un tiroir de mon appartement de Belleville, les jarretières qu'elle m'avait prêtées pour ma première passe et qui m'avaient tellement fait souffrir.

9

Un événement vint perturber ma vie si bien réglée. J'étais avec un de mes habitués. Un « hors-série » que j'affectionnais particulièrement. Psychanalyste de son état, assez bien coté dans sa profession, il venait me voir pour, en quelque sorte, s'allonger sur mon divan. En fait de divan, il s'agissait bien sûr de mon lit, et celui que j'appellerai le docteur M. souhaitait que nous procédions toujours de la même manière. J'étais assise sur la chaise et je lui posais les questions les plus intimes concernant son enfance, ses parents, son rapport avec les femmes, bref, toutes ces questions qui font le quotidien des « psy-à-tout-faire ». Lui était nu, allongé sur le lit, attendant de recevoir, à chacune de ses réponses que je qualifiais à haute voix de « mauvaise » ou d'« obscène », des coups de fouet que je lui assénais vigoureusement sur les fesses.

Nous en étions encore au début de notre séance lorsque j'entendis, provenant de l'extérieur, un tumulte de voix et de piétinements. Je me levai et m'avançai vers la fenêtre, tout en continuant d'écouter le pauvre docteur M. qui s'efforçait désespérément de garder intact le fil de ses pensées.

Les flics faisaient une descente chez Louisa. Par la fenêtre, je pouvais voir une de leurs voitures de fonction en stationnement devant l'entrée du bar et, se tenant à côté, un policier en civil qui contrôlait les papiers de deux prostituées, clientes du café.

Je ne restai pas plus longtemps derrière la fenêtre. J'avais une passe à terminer et je comprenais, à son regard soudain sévère, que le docteur M. commençait à s'impatienter de ne pas avoir toute mon attention pour lui.

J'allai donc chez Louisa après ma passe et trouvai le café presque vide. Seuls deux clients étaient accoudés au comptoir. Tony s'affairait dans la salle, balayant le sol crasseux avec une énergie coléreuse, et Louisa essuyait des verres, l'air absent. Elle sursauta lorsque je lui adressai la parole.

— Qu'est-ce qui se passe, Louisa ? J'ai vu les flics tout à l'heure, devant le bar...

Tony vint nous rejoindre. Louisa posa verre et torchon sur le comptoir.

— Quelqu'un a appelé la police pour leur dire que je faisais travailler des filles dans le bar.

Sa réponse m'ébranla. Une sensation de faiblesse partit de mon ventre et gagna tout mon corps.

— Qui a pu faire ça ?

— Je ne sais pas... Je suis convoquée demain au commissariat. Ils vont mettre le bar sous surveillance. Ils pourront débarquer à n'importe quel moment. Au moindre faux pas, c'est la fermeture administrative...

Tony prit la main de Louisa pour la calmer. Je savais tout ce que représentait ce bar pour elle, et je me sentais affreusement coupable de ce qui lui arrivait.

— C'est à cause de moi... Je vais arrêter de venir.

Tony, d'ordinaire en retrait lors de nos discussions, prit le relais de Louisa. Il avait la voix des silencieux. Celle qui vous attrape par surprise et vole votre attention. Une belle voix puissante qui emplissait l'air.

— Il suffit d'être prudents quelque temps... Jusqu'à ce qu'ils en aient marre et qu'ils passent à autre chose.

L'intervention de Tony sembla donner un regain de courage à Louisa qui enchaîna :

— Une semaine, peut-être deux... Il fallait bien s'attendre à ce que ça arrive un jour ou l'autre.

Louisa était certainement aussi effrayée par l'idée

de perdre son bistrot que par celle de me voir à nouveau arpenter les trottoirs.

La pensée qu'un de ses clients ou qu'une fille l'ait trahie de cette façon devait également être une déchirure pour elle. Louisa croyait en un code d'honneur. Une solidarité de la nuit. J'étais quant à moi plus sceptique et toujours étonnée par cette naïveté, restée intacte chez elle en dépit d'une vie aussi chaotique que la sienne.

Lorsque je l'embrassai pour lui dire au revoir, elle me demanda ce qu'elle devait dire à mes clients. Je ne sus quoi lui répondre.

— T'inquiète pas. Je trouverai, me dit-elle enfin, voyant mon embarras.

Je les laissai donc tous les deux et sortis du bar. Je m'apprêtais à traverser la rue pour rejoindre ma chambre de bonne lorsque j'entendis Tony m'appeler. Il se dirigeait vers moi, d'une démarche rapide, presque une course, et me rejoignit sur le trottoir.

— Si tu as besoin de quelque chose... N'importe quoi. Tu peux toujours nous appeler.

Je le pris dans mes bras.

— J'ai peur pour elle, me dit-il à voix basse.

— Ça va aller. Tant que je ne suis pas là, elle ne risque rien.

C'était un pieux mensonge, et Tony le savait comme moi. Il était si facile de trouver des éléments compromettants ou à la limite de la légalité dans un passé comme celui de Louisa, et d'établir des liens hasardeux avec le présent. Rencontres douteuses, mauvaises fréquentations... Si facile d'exhumer le souvenir pénible. Honteux. Celui que l'on pensait avoir enterré assez profondément pour que jamais personne ne le mette au jour.

Nous restâmes quelques instants ainsi, sans parler. Depuis le comptoir, Louisa nous observait. Je lui adressai un sourire qu'elle me rendit aussitôt, accompagné d'un petit signe de la main.

10

Je passai, après ma discussion avec Louisa et Tony, une nuit très agitée. Les événements de la soirée, et les conséquences inévitables qu'ils ne manqueraient pas d'avoir sur mon quotidien jusque-là sans faille, m'avaient tenue éveillée jusqu'aux premières lueurs du jour.

J'avais réfléchi une bonne partie de mon insomnie aux possibles identités du dénonciateur de Louisa. Je ne lui connaissais aucun ennemi. Quelques clients du bar dépités de s'être fait jeter à la porte pour cause d'ivresse, peut-être. Et encore... Elle n'était pas quelqu'un à qui l'on pouvait en vouloir longtemps.

Je me demandais également qui était réellement visé à travers cette dénonciation. Louisa ou moi ? Il était évident que si cette révélation faisait peser un vrai danger sur la patronne — la fermeture de son bar et peut-être la prison — elle me pénalisait aussi lourdement.

La solution, limpide, évidente, me vint avec les lumières de l'aurore.

Il me fallut attendre le soir afin de vérifier le bien-fondé de ma théorie sur la dénonciation de Louisa. Une longue journée s'était écoulée, rendue interminable par mon impatience. Même la lecture avait été un exercice laborieux.

Le soir venant enfin, je pris le métro pour le 3e arrondissement. Mais sans mon sac de sport.

Ce fut donc en « touriste » que je passai devant les prostituées de la rue Blondel. L'une d'entre elles, que je croisais de temps en temps chez Louisa, vint me dire bonsoir et s'étonna de me trouver là, sur un autre terrain que le mien, et habillée en civil.

— Je cherche Sylvia. Tu sais où elle est ?

— Je l'ai vue monter avec un client, il y a un moment déjà... Elle va pas tarder à redescendre... Qu'est-ce qu'elle a encore fait comme connerie ?

La réputation de Sylvia n'était décidément plus à établir. Je ne répondis pas à sa question, n'ayant pas envie de m'étendre sur le sujet, et décidai d'attendre un peu plus loin. Je sentais que ma présence dérangeait certaines filles, tigresses désireuses de préserver leur territoire et prêtes à bondir toutes griffes dehors.

Sylvia arriva cinq minutes plus tard, suivie de près par son client avec qui elle était en grande discussion.

Je l'observai un instant et m'approchai d'elle une fois l'homme parti.

Sa surprise fit très vite place à une nervosité excessive. Elle prit une cigarette dans son sac, qu'elle alluma en tremblant légèrement, et essaya d'avoir l'air le plus dégagé possible pour me demander ce que je faisais dans le coin.

— Il y a eu une descente chez Louisa, hier. Tu es au courant ?

— Vaguement, oui... Des filles m'en ont parlé.

Elle évitait mon regard, suivant des yeux les hommes qui passaient devant elle, affichant une indifférence factice à l'encontre de ma personne et de mes propos.

Voulant provoquer un choc physique, je lui empoignai l'avant-bras, serrant de toutes mes forces. Sa cigarette tomba sur le trottoir. Je la traînai ensuite jusqu'à une ruelle étroite et peu empruntée qui servait parfois de lieu de passe à certaines filles.

Sylvia protesta verbalement mais ne se débattit pas outre mesure. Cela ne me surprit pas. Elle était de la race des dociles. De ceux qui attendent leur punition avec résignation. « Plus bête que méchant », disait la sagesse populaire.

— Est-ce que c'est toi qui as envoyé les flics chez Louisa ?

— Je ne sais pas de quoi tu parles. J'ai envoyé personne chez Louisa...

Je resserrai mon étreinte et effectuai une torsion qui me permit de bloquer son bras derrière son dos. J'avais souvent vu les policiers effectuer cette prise. Je la supposais efficace et difficilement supportable. Elle grimaça de douleur, essayant de me repousser en utilisant sa main valide. En vain. La colère que je sentais monter en moi et s'amplifier à chaque seconde décuplait ma force et mon obstination. Je plaquai Sylvia contre le mur. Son visage s'écrasa contre la surface sale et granuleuse.

— Je sais que Louisa et Tony t'ont jetée à la porte du bar l'autre jour. Je sais que ça t'emmerde que je tapine chez eux, et je sais que tu es suffisamment tordue pour avoir voulu te venger. Tu peux faire croire n'importe quoi aux flics, mais pas à moi.

Je lui parlais au creux de l'oreille et je sentais, accentuée par le stress et la peur, l'odeur acide de sa transpiration s'échappant de dessous sa perruque blonde.

— C'est pas moi qui ai balancé aux flics ! Je te jure ! C'est quelqu'un d'autre...

— Qui ?

Elle parla avec précipitation, déversant son histoire comme un barrage déverse une eau trop longtemps retenue.

— L'Anguille a engagé un nouveau mec. Un vrai malade. Il est censé faire le ménage dans la rue pour lui. Il nous lâche pas une seconde. Il est là, il nous surveille, il contrôle les recettes... Si un truc lui plaît pas, il cogne. Il cherche pas à comprendre. Il a démoli une fille la semaine dernière, pour une connerie... Une histoire de cinq euros.

Deux ou trois filles avaient fini par nous remarquer dans la ruelle et venaient régulièrement jeter un coup d'œil. Ces visites se rapprochant, j'étais désireuse d'en finir au plus vite et décidai de recadrer mon interrogatoire avant que le nouveau « nettoyeur » de Monsieur Roger n'arrive.

— Quel rapport avec Louisa ?

— J'étais en colère... Après la dispute au bar, je suis allée trouver Dimitri...

— C'est le nom du nettoyeur ?

— Oui... Je lui ai parlé de Louisa et de toi. De votre arrangement à toutes les deux. Sur le moment, il a rien dit. Je pensais qu'il irait te voir, mais pas qu'il appellerait les flics...

— Il est comment ce Dimitri ?

— Un grand blond tout maigre. Toujours bien sapé. Avec une voix de castrat...

L'homme aux yeux bleu iceberg et à la voix haut perchée revenait dans ma vie : ce Dimitri ne s'était donc pas contenté d'appeler les flics ou de les faire appeler. Il avait pris la peine de tester la « marchandise ». Il voulait non seulement nous punir, Louisa et moi, de notre arrangement, mais sans doute projetait-il également de m'intégrer au sérail de L'Anguille. Il adoptait ainsi l'attitude de tout bon proxénète face à une indépendante qui gagnait de l'argent sur ce qu'il considérait être son territoire.

Je lâchai Sylvia et me détournai d'elle avec mépris. Sa voix me rattrapa, juste avant que je ne disparaisse au coin de la ruelle.

— Tu vaux pas mieux que nous, Clara !... Qu'est-ce que tu crois ?

Les autres filles me regardèrent passer devant elles. Silencieuses. Elles me firent l'effet d'un jury impitoyable. Je me sentis étrangère et me rendis compte que je l'avais toujours été.

11

Le choix d'être une prostituée indépendante s'était imposé à moi comme une évidence. Je m'étais contentée de suivre le sillon de ma nature profonde, qui m'avait toujours conduite vers la solitude et le rejet de toute tentative de domination à mon égard.

J'avais été une enfant solitaire, refusant la médiocrité du milieu dans lequel j'avais grandi et l'autorité d'un père à l'amour destructeur. J'étais devenue une femme seule, voulant échapper aux amitiés du trottoir et à la tyrannie des proxénètes.

Sans m'en rendre compte, j'avais répété l'histoire. Comme dans mon enfance, j'étais là et absente, toujours fuyante, toujours ailleurs.

Ce statut d'électron libre dérangeait beaucoup de monde, et le milieu de la prostitution ne dérogeait pas à la règle. J'avais déjà dû affronter la jalousie de certaines de mes congénères et la violence de leurs protecteurs.

Cinq ans plus tôt, mon refus de soumission m'avait conduite à être laissée pour morte, sur un trottoir du 10e arrondissement, non loin de la gare de l'Est. Un proxénète à bout de patience m'avait battue jusqu'à ce que j'en perde connaissance et m'avait abandonnée là, dans une petite rue suffisamment peu et mal fréquentée pour que je reste quelques heures couchée par terre sans que personne ne s'intéresse à mon cas. Plusieurs côtes cassées, double fracture du bras droit et traumatisme crânien. Sans compter les plaies et les nombreuses contusions qui couvraient mon visage et mon corps. Heureusement pour moi, un ange s'était perdu dans cette rue cette nuit-là. Comme tous les anges, c'était un être à la sexualité vague. Louisa avait eu la bonne idée de quitter la rue Saint-Denis pour venir voir une amie qui travaillait sur un trottoir limitrophe du mien. Ce fut notre première rencontre. Je ne m'en souviens malheureusement pas, mais je sais qu'elle me sauva la vie.

Lorsque je me réveillai à l'hôpital, le lendemain, l'ange était toujours là, assis à côté de moi. Il revint tous les jours. Sans exception.

Il me fallut plusieurs mois avant de me remettre physiquement de cette épreuve. J'étais financièrement à bout de ressources et, moralement, l'idée de retourner sur le trottoir me terrifiait. Louisa me parla alors de son bar, dans le quartier du Temple. Je refusai d'abord sa proposition, sachant le danger que je lui faisais courir. Elle insista. Me dit qu'il suffisait d'être prudentes, discrètes. Tout le monde la connaissait aux abords de la rue Saint-Denis, et personne ne lui voulait de mal. Personne ne parlerait. Je finis par accepter, voyant dans cette proposition une solution miraculeuse à mon problème. J'échappais à la servitude et aux dangers du trottoir, et je pouvais reprendre la seule activité pour laquelle je pensais avoir quelques dispositions.

Cinq années étaient passées sans gros problèmes. Bien sûr, les prostituées déjà en place dans le secteur ne m'avaient pas accueillie les bras ouverts. Il avait fallu que je fasse mes preuves avec humilité et leur montre que j'étais « réglo ». Mon amitié avec Louisa, qui avait leur confiance, et le fait que je me contente, dans un premier temps, de travailler avec les quelques fidèles qui m'avaient suivie depuis le 10e arrondissement les avaient un peu rassurées. Les choses s'étaient mises en place doucement, sans véritables heurts.

J'avais déjà une vie cloisonnée avant de travailler chez Louisa. Des règles de vie, une éthique bien précise. Cet aspect s'accentua encore. J'avais peur que la violence et la tyrannie ne reviennent dans ma vie par surprise. Je ne souhaitais laisser aucune place à l'incontrôlable, à l'imprévu. Je devins donc une sorte de fonctionnaire du sexe. Une prostituée à heure fixe et au parcours balisé.

Quant au proxénète qui m'avait battue, je n'entendis plus parler de lui. Peut-être pensa-t-il que je n'avais pas survécu à mes blessures. Peut-être était-il mort lui-même. Après tout, lui aussi exerçait un métier à risques.

12

En vingt ans de prostitution, je ne m'étais jamais accordé de vacances. Je n'y pensais même pas, et le fait que Louisa ne fermât quasiment jamais son établissement ne m'encourageait pas à le faire. Ces congés forcés, imposés par Dimitri et la menace qu'il faisait peser sur la patronne et sur moi, me mirent tout d'abord dans un état d'abrutissement. Une sorte d'errance en zone floue. Des journées blanches se succédèrent, qui ne soulevaient aucune question et pendant lesquelles je me contentais de satisfaire quelques exigences vitales. La lecture en faisait partie. Je lisais un livre par jour, essayant de me détendre et y parvenant de temps en temps.

Après une semaine de ce régime, je m'autorisai enfin à penser à ma situation et à mes perspectives d'avenir. Les deux options qui s'offraient à moi étaient simples : reprendre le travail, ce qui m'obligeait à retourner sur le trottoir et à changer de secteur, ou attendre que toute menace soit définitivement écartée du côté de Louisa et que Dimitri m'ait oubliée. Financièrement, j'avais mis suffisamment d'argent de côté pour pouvoir patienter plusieurs mois en toute quiétude. Mais l'inactivité m'angoissait, et Dimitri n'était certainement pas homme à avoir la mémoire courte.

Je fis de longues promenades dans des arrondissements que je ne connaissais pas ou peu. Je réfléchissais.

Je me pris d'affection pour le pont des Arts. J'y retournai plusieurs fois et passai de longs moments à regarder les deux rives de la Seine s'unir ou se séparer, selon le côté du pont où je me trouvais. J'étais suspendue entre deux rives, entre deux vies, entre deux choix. Indécise et perdue.

Quand je pensais aux raisons qui avaient poussé Sylvia à réagir comme elle l'avait fait, j'en voyais deux, très différentes. La première, conjoncturelle, n'était pas directement liée à moi. Les conditions dans lesquelles les filles travaillaient depuis quelques mois étaient particulièrement difficiles. Une loi était passée récemment, interdisant toute forme de racolage sur la voie publique, et les rafles étaient de plus en plus fréquentes. À cela s'ajoutaient non seulement la concurrence sans pitié des filles de l'Est qui cassaient les prix et gagnaient du terrain, mais aussi la présence dans le secteur de la rue Saint-Denis du nouvel homme de main de L'Anguille. Je pouvais donc comprendre que mon cas particulier — et privilégié — irritât le reste de la communauté.

La deuxième cause était entièrement liée à moi. Presque indépendante d'elle, tant la jeune femme me semblait être la servante aveugle et involontaire de mon propre destin. En effet, la perturbation qu'elle avait provoquée en parlant de moi à Dimitri s'ajoutait à d'autres, accumulées en peu de temps, et qui m'avaient amenée inévitablement au trouble qui était le mien. Mon existence sans soubresauts depuis cinq ans s'était soudainement emballée. Cette impression étrange d'être dans un accélérateur de particules.

Il y avait eu la dispute entre Sylvia et la patronne, la lecture de la déclaration, la rencontre avec Dimitri, le tableau et, enfin, la vengeance de Sylvia. Tous ces événements suivaient la même logique. Ils formaient un ensemble cohérent, qui avait lentement installé le chaos dans ma vie d'habitudes. Ils m'avaient amenée sur le pont des Arts, suspendue au-dessus du vide.

13

Un matin, j'eus en me réveillant cette impression vague d'un rendez-vous manqué ou imminent. Une oppression. Il me fallut quelques instants de concentration pour comprendre quelle était l'origine de ce sentiment. Une date m'était revenue à l'esprit. Une date jetée sur un trottoir de Belleville, celle de la soirée organisée par la galerie d'art. La date d'aujourd'hui. Je ne l'avais donc pas oubliée. Elle s'était planquée en douce, dans un coin de mon cerveau, prête à resurgir le moment venu. Je n'avais pas voulu l'oublier.

Une nouvelle journée de désœuvrement eut raison de mes dernières réticences. Ma vie était déjà tellement chaotique, que pouvait-il m'arriver de pire ? La curiosité que je nourrissais envers l'énigmatique Daniel Leibowitz et son œuvre fut également déterminante dans ma décision.

J'achetai une robe pour l'occasion. Une robe d'été rouge. Presque identique, à quelques détails près, à celle que portait la femme brune sur le tableau désormais en ma possession, posé à même le sol contre l'un des murs de ma chambre. Je voulais provoquer un choc. J'attendais des réponses.

La soirée commençait à 19 h 30. Le peintre arriverait certainement plus tard. L'intuition que j'avais de lui, façonnée par notre brève rencontre et les propos du galeriste, me renvoyait l'image de quelqu'un faisant fi des servitudes horaires. C'était un homme en retard. Ou absent.

J'arrivai à la galerie aux environs de 20 h 30. Il n'était pas encore là. Une trentaine de personnes étaient présentes, parlant et s'agitant devant les tableaux ou autour du buffet dressé pour la circonstance. Des groupes de trois ou quatre, utilisant le même langage, en parfaite symbiose. Ils semblaient heureux d'être là. De partager cet instant privilégié de culture et d'autosatisfaction. Moi je me sentais affreusement mal. Déplacée. Je priais intérieurement pour qu'on ne m'adresse pas la parole. C'était compter sans le sémillant galeriste qui vint me saluer et me féliciter d'être venue.

— Vous avez déjà jeté un coup d'œil ? me demanda-t-il en faisant un demi-tour sur lui-même.

Il me désigna du regard l'ensemble de l'exposition qui couvrait les murs de la galerie.

— Pas encore. Je viens d'arriver.

J'étais surprise qu'il m'ait reconnue, et encore plus qu'il vienne me parler.

— J'espère que ça vous plaira... Vous verrez, il y en a pour tous les goûts. Six artistes différents...

— Daniel Leibowitz est là ?

J'avais posé cette question, dont je connaissais déjà la réponse, comme on se jette du haut d'une falaise. Le galeriste parut interdit. Peut-être percevait-il mon trouble.

— Je pense qu'il ne va pas tarder. Ses toiles sont là... Vous devriez aller les voir, je suis sûr que...

Nous fûmes interrompus par une grande blonde toute en jambes qui vint chercher le galeriste pour le ramener à ses obligations et à ses invités. Ce dernier s'excusa, me fit un gentil sourire et m'abandonna.

Je procédai alors à un repli discret vers le buffet, où je me servis un verre de vin, et me dirigeai ensuite vers les toiles de Daniel. Elles étaient au nombre de trois. Il y avait celle, que je connaissais déjà, de la femme brune allongée sur le canapé pourpre, et deux autres, très différentes. Des visages d'hommes. Je compris, après quelques instants d'observation, qu'il s'agissait d'autoportraits d'une tristesse infinie.

— Elle vous ressemble beaucoup.

Un homme avait prononcé ces mots, juste à côté

de moi. J'eus une émotion violente, pensant qu'il s'agissait de Daniel. Mais ce n'était pas lui. Un homme que je ne connaissais pas s'était approché de moi et regardait la femme brune peinte sur la toile. Puis il tourna la tête et ancra son regard dans le mien.

— Je ne vous importune pas, j'espère. La ressemblance m'a frappé. Vous ne seriez pas le modèle, par hasard ?

Je répondis par la négative et détournai le regard, mais mon attitude fuyante ne le découragea pas le moins du monde. L'homme se présenta. Un nom que j'oubliai aussitôt. Je voulais partir. J'étouffais. Je n'avais pas envie que lui, ou quiconque dans cet endroit, me pose des questions. Je n'avais pas envie de me faire entreprendre devant une toile ou entre deux petits-fours. Ne voyaient-ils pas que je n'étais pas des leurs ? Je voulais la paix.

N'y tenant plus, je laissai là mon admirateur et sortis précipitamment de la galerie. L'air frais de la nuit me soulagea. Je pris une grande aspiration et m'assis sur le bord du trottoir. Il y avait du monde dans la rue. Il faisait bon et les gens traînaient, retardant le moment de rentrer chez eux. Le bar attenant à la galerie était plein. De ses murs s'échappait par moments une mélodie orientale, une plainte sensuelle et mélancolique.

Je le vis arriver de loin. Il n'était qu'une ombre. Mais je savais qu'il m'avait repérée, même minuscule sur ce bord de trottoir, repliée sur moi-même comme une boule de solitude. Ses yeux ne me quittaient pas. Il était élégant. Costume anthracite, chemise blanche. Lorsqu'il fut plus près, je remarquai des traces de fatigue sur son visage. Une certaine pâleur.

Il approcha encore. Je me levai. Quand il fut arrivé à quelques mètres de moi, ses yeux me quittèrent. Il me frôla presque, sans me regarder, et entra dans la galerie. Je n'existais pas.

Vous m'avez demandé, un jour, plus tard, ce que j'avais ressenti ce soir-là. À cet instant précis où vous étiez passé à côté de moi en feignant cette indifférence terrible. Ce mépris. Sur le moment, je n'avais pas voulu vous répondre. Je crois que je vous en voulais encore.

Aujourd'hui, je peux répondre à cette question. Je ne sais pas si vous connaissez ce jeu idiot, auquel se livrent parfois certains adultes. Ils font semblant de ne pas voir un enfant qui se trouve juste là, sous leurs yeux, et qui se fatigue en vain à gesticuler et à crier sa présence. Je ne connais rien de plus cruel que ce jeu-là.

Je crois que, lorsque vous m'avez ignorée, je me suis sentie comme cet enfant que l'on fait semblant de ne pas voir ni entendre. Mon existence niée, inutile, jetée dans un néant. Ma voix muette. Mon impuissance. Ma mort. Vous m'avez renvoyée à mes peurs d'enfant. À l'incompréhension de mon père. Ses yeux aveugles et son amour perdu.

14

J'ai couru jusqu'à chez moi. Sans m'arrêter ni me retourner une seule fois. Sans un dernier regard vers la galerie. Vide d'attentes et d'illusions.

Je m'en voulais d'avoir mal. Encore plus qu'à lui de m'avoir blessée. J'avais baissé ma garde et enfreint mes propres règles de survie. Je payais.

J'avais pris tellement de distance avec tout et tout le monde pour que ça n'arrive plus. Je me sentais misérable. Bien sûr, les précautions et les principes que je m'étais imposés pendant tant d'années ne m'avaient pas épargnée physiquement. Mais les douleurs corporelles n'étaient rien comparées au sentiment d'humiliation qui était le mien à cet instant.

Lorsque j'arrivai à mon appartement, j'étais en sueur, essoufflée, et mon cœur résonnait comme un tambour à mes oreilles. Je restai quelques minutes dans le noir total, appuyée contre la porte d'entrée. Immobile.

Puis j'allai dans la salle de bains et pris une longue douche fraîche, presque froide. L'image de mon père m'assaillit alors que j'étais en train de me sécher. Elle fut précédée d'une sensation de vide qui m'obligea à m'asseoir sur le rebord de la baignoire, ma serviette-éponge à la main. La robe rouge gisait en boule à mes pieds. Mes yeux s'étaient arrêtés sur elle mais ne la voyaient pas.

Le souvenir oublié revint avec une précision acérée. J'étais à Paris depuis un an. C'était l'époque où j'emmenais mes michetons à l'Éden. L'époque de Rose. J'attendais les clients dans une petite rue qui longeait l'arrière de l'hôtel.

J'y étais depuis un bon moment, lorsque je le vis s'avancer vers moi. Mon père. Je ne lui avais donné aucune nouvelle en un an. Depuis les mots de haine que nous nous étions dits avec violence et désespoir. Comme des mots d'amour travestis.

Il s'était arrêté à quelques pas de moi, silencieux, et son expression ne portait aucune trace de colère, ni de tristesse. Il constatait. C'est tout. Un mélange d'indifférence et de sévérité. Il savait sûrement qu'il n'y avait pas meilleure arme pour m'atteindre et me terrasser.

Après quelques minutes qui me semblèrent interminables, il s'éloigna et disparut au bout de la rue.

Des sanglots d'enfant m'étranglèrent la gorge et me laissèrent accroupie sur le trottoir.

Je ne sais pas comment il m'avait retrouvée. Je ne le saurai jamais. Je pense simplement que rien ne lui était impossible lorsqu'il s'agissait de moi.

15

Louisa fut très heureuse en me voyant passer l'entrée de son bar, le lendemain. Ma nuit avait été épouvantable. De longues plages de veille, entrecoupées de courts moments d'assoupissement fébriles et peuplés d'images surréalistes et effrayantes. Les visages de Daniel et de mon père se superposaient et se confondaient, leurs voix mêlées me tenant des propos incohérents.

À mon réveil, la perspective d'une autre journée de solitude, identique aux précédentes, me fut insupportable. Les présences bienveillantes de Louisa et Tony m'apparurent comme une nécessité.

Je n'étais pas retournée chez Louisa depuis trois semaines. Je ne savais pas si la surveillance policière s'était relâchée, ni si la patronne avait eu d'autres ennuis entre-temps. Je l'appelai donc pour avoir un feu vert qu'elle me donna immédiatement. Les policiers passaient de temps en temps, mais si j'étais habillée en civil et que je venais en dehors de mes horaires habituels, il n'y avait pas de problèmes.

Je me rendis chez Louisa à l'heure creuse, vers 15 heures, en jean et baskets, ma tenue de prédilection en dehors de mon temps de travail. Tout en marchant dans la rue Réaumur, je m'efforçais de porter mon regard aussi loin que possible pour détecter l'éventuelle présence de Dimitri.

Quand j'entrai dans le bar, Tony n'était pas là et Louisa faisait ses comptes derrière le comptoir. Elle s'arrêta tout net en me voyant arriver et vint à ma rencontre pour m'attirer dans ses bras. Sa chaleur me prit au dépourvu et fit monter des larmes dans mes yeux.

Nous nous assîmes à l'une des tables. Louisa me parla du bar. Les flics s'étaient calmés, mais l'ambiance était morose. Les filles ne venaient plus. À mon tour, je lui racontai Sylvia et Dimitri. Il était normal qu'elle connaisse la cause de ses problèmes. Elle ne fut pas surprise.

— J'aurais dû me douter que Sylvia y était pour quelque chose. Cette fille est folle. Mais toi, qu'est-ce que tu vas faire ? Tu ne peux plus travailler dans le coin. Pas tant que ce Dimitri sera là...

— Je ne sais pas si j'aurai la force de tout recommencer ailleurs... Je suis fatiguée.

— *Cara mia…*

Louisa serra mes mains dans les siennes, puis les lâcha pour aller servir un nouveau client qui attendait au comptoir. Je la suivis des yeux, et Daniel entra dans mon champ de vision comme un invité indésirable. Il ne m'avait pas vue. Contrairement à moi, il était en tenue de travail. Pantalon de treillis et tee-shirt tachés de peinture. Il se pencha légèrement au-dessus du comptoir pour parler à Louisa, et cette dernière parut gênée. Elle jeta un coup d'œil furtif et involontaire dans ma direction, et cela suffit pour que Daniel se tourne vers moi. Il y eut un instant de flottement durant lequel nous nous regardâmes tous les trois sans qu'aucun ne sache ce qu'il fallait faire ou dire. Puis Daniel s'approcha de ma table et s'assit en face de moi. Louisa était à la fois inquiète et désolée. Ses mains dessinèrent un geste d'impuissance dans les airs. Je lui adressai un sourire qui se voulut rassurant et elle replongea dans ses comptes, relevant régulièrement la tête pour nous observer.

— Je ne pensais pas que vous seriez ici, me dit Daniel au bout de quelques secondes de silence passées les yeux baissés sur la table. Je voulais laisser un mot à la patronne, pour vous.

Ses yeux sombres étaient à présent plantés dans les miens. Je sentais la colère et la rancune m'envahir.

— Ne changez surtout pas vos plans pour moi.

Faites comme si je n'étais pas là. Vous avez l'habitude, non ?

— Qu'est-ce que vous me voulez ? me demanda-t-il sans se laisser déstabiliser par ma question.

— Rien. Rassurez-vous. De vous je ne veux rien. Je ne vais pas aller voir votre femme ou votre mère pour lui raconter comment on s'est rencontrés, et je ne vais pas vous réclamer d'argent pour me taire. C'est ça qui vous inquiète ?

— Qu'est-ce que vous faisiez à la galerie ?

— J'ai juste le mauvais goût d'habiter à côté de votre atelier et d'aimer vos tableaux. J'en ai même acheté un. C'est étonnant pour une pute, je sais.

Cette fois, il semblait gêné. Ses yeux étaient à nouveau baissés sur la table, et sur ses mains qu'il frottait l'une contre l'autre.

— Je suis désolé pour hier soir. Je ne pensais pas vous voir à cet endroit, me dit-il d'un ton adouci.

— Décidément, je ne suis jamais là où vous vous y attendez...

C'était à présent moi qui le fixais. Qui cherchais son regard, effrontément. Sans rien dire, il se leva et plongea sa main dans une des poches avant de son treillis. Il en sortit une carte de visite qu'il me tendit de manière brusque, un peu maladroite.

— J'aimerais que vous posiez pour moi... Je vous paierai.

Je pris la carte et il s'éloigna sans attendre de

réponse. Il s'arrêta quelques pas plus loin, se retournant vers moi.

— Vous l'avez payé combien ?

— Quoi ?

— Le tableau. Combien ?...

— Cinq cents.

— L'enfoiré, dit-il en souriant comme pour lui-même.

Il sortit. Je restai seule à la table, avec cette carte dont je ne savais quoi faire entre les mains. Il était hors de question que je pose pour lui. Hors de question que je le revoie. Que tout se mélange, encore une fois.

— Ça va ?

Je levai la tête vers la patronne. Ses lunettes descendues sur le bout du nez, elle me regardait.

— Ça va, patron.

Je rangeai négligemment la carte dans mon sac et me dirigeai à mon tour vers la sortie.

— Je reviens, dis-je à Louisa en passant devant elle.

Je voulais revoir ma chambre de bonne. J'avais cherché des solutions tellement loin d'elle, là où je n'avais pas ma place...

Je traversai la rue qui séparait le bar du vieil immeuble avec légèreté. Je retrouvais mes marques. La chambre était plongée dans l'obscurité, et le temps paraissait y être suspendu, emprisonné dans le silence. J'ouvris les volets et le soleil qui entra dans la pièce éclaira des milliers de particules poussiéreuses, en plein vol affolé. Je m'assis sur le lit pour réfléchir. Puis je m'allongeai. Je m'étais toujours sentie bien ici. En sécurité. Même avec les clients les plus imprévisibles. C'était mon antre. Mon domaine.

Je restai là peut-être une heure. En redescendant, j'avais une solution. Imparfaite mais possible. En tout cas, la seule supportable à mes yeux. Il ne me restait plus qu'à retourner voir Louisa pour lui demander son avis, et surtout son aide.

16

Ma solution fonctionna à merveille durant deux semaines. Louisa envoyait directement mes clients dans ma chambre de bonne. Bien sûr, il s'agissait de quelques habitués qui n'avaient pas perdu l'espoir de me voir reprendre le travail, et qui passaient régulièrement au bar. Après ma soudaine disparition, Louisa leur avait dit que j'étais partie en vacances et qu'elle ne savait pas quand je reviendrais.

C'était la vieille garde. Pas de quoi remplir mes soirées. Un ou deux clients par nuit, parfois aucun. Mais cela suffisait à donner l'illusion que rien n'avait changé.

Louisa était parfaite. Elle régulait la circulation, m'envoyant un client ou le faisant patienter si elle pensait que le précédent était encore là. Elle connaissait mon timing et ma demi-heure réglementaire. En cas de dépassement, ce qui m'arrivait plus souvent qu'auparavant au vu du nombre limité de clients, je me protégeais de tout dérangement, et notamment des coups frappés à la porte, par un « *Do not disturb* » accroché à la poignée. Souvenir de l'hôtel Éden. J'y avais ajouté un « Ne pas frapper » au feutre noir.

Parmi les fidèles, il y avait le psychanalyste, ravi de me retrouver. Il était allé voir l'une de mes consœurs durant mon absence mais n'avait pas rencontré, selon ses dires, « la même qualité d'écoute ».

J'arrivais à proximité du bar vers 20 heures, comme je l'avais toujours fait, et passais devant l'établissement sans y entrer, pour que la patronne ou Tony me voie. Ensuite, je ne quittais ma chambre qu'au moment de repartir vers le dernier métro. L'attente pouvait être longue entre deux clients. Les livres me tenaient compagnie. J'en avais toujours cinq ou six d'avance, posés sur le sol, à côté de mon lit. Ayant remarqué ce stock à plusieurs reprises lors de ses visites, mon client psychanalyste m'avait dit un soir qu'il aurait adoré m'avoir pour patiente.

Quant à la crainte de rencontrer Dimitri, elle avait été très forte les premiers temps, puis elle s'était estompée avec les jours. J'avais fini par avoir le sentiment de prendre toutes les précautions nécessaires et d'être suffisamment discrète pour ne pas avoir d'ennuis de ce côté-là.

17

J'avais éteint la lumière de la chambre et refermé la porte. Je n'avais eu qu'un client dans la soirée. Un « classique » récemment divorcé et malheureux comme les pierres. Il s'était copieusement épanché sur sa triste vie durant l'acte et avait crié le prénom de son ex-femme en atteignant l'orgasme. Le pauvre homme venait déjà me voir lorsqu'il était marié. À l'époque, c'était sur le caractère infernal de celle qui était encore son épouse qu'il s'épanchait. Un vrai bavard.

Ce flot de banalités conjugales m'avait passablement déprimée. J'avais hâte de rentrer chez moi. Je descendis rapidement les premières marches qui menaient aux étages inférieurs, mon éternel sac de sport sur l'épaule. Arrivée au deuxième, je ralentis un peu. Je n'avais pas envie de m'attirer des problèmes avec le vieux garçon qui vivait à cet étage. Il n'attendait que ça. Je m'efforçai donc de faire le moins de bruit possible jusqu'au rez-de-chaussée.

Ce fut sur les dernières marches que la lumière s'éteignit et qu'une impression de mouvement sur la gauche, là où un renfoncement servait de local à vélos, me fit tourner la tête. Une ombre noire me saisit par le bras et me plaqua violemment contre l'un des murs du hall d'entrée. Aussi prestement, l'ombre appliqua une main sur ma bouche prête à crier.

— Ça fait plaisir de te revoir...

Je reconnus la voix si particulière de Dimitri. Un espace infime séparait son visage du mien. Son haleine alcoolisée me donnait la nausée. Ma respiration s'accéléra. Son corps tout entier était pressé contre mon corps, l'une de ses jambes passée entre les miennes. La chaleur moite de sa main contre ma bouche m'était insupportable.

— Tu croyais vraiment pouvoir continuer ton business comme ça ? Sans rien me dire ? C'est pas très gentil, ça...

Sa bouche se promenait sur mon cou, le léchait à certains endroits. Il respirait l'odeur de ma peau comme l'aurait fait un animal sauvage.

— J'ai un problème avec toi. J'aurais déjà dû te filer une raclée depuis longtemps, mais tu me plais. C'est vrai... Ça me ferait beaucoup de peine d'abîmer ta petite gueule.

Son corps accentua sa pression sur le mien. Je sentais, en haut de ma cuisse, son sexe se durcir au fur et à mesure qu'il me parlait.

— Alors, pour éviter ça, j'ai une proposition à te faire. Au début, je voulais juste que tu te casses. Mais j'ai réfléchi. Tu peux rester, mais tu tapines pour moi. Et si tu sais être gentille et reconnaissante, je te promets un bon pourcentage sur tes passes...

Il retira la main plaquée sur ma bouche et, dans un même élan, la remplaça par ses lèvres humides. Sa langue chercha à se frayer un passage entre mes dents. Je la laissai entrer et mordit de toutes mes forces. Un liquide chaud se répandit dans ma bouche. Je le recrachai immédiatement. Dimitri avait poussé un cri de douleur et s'était reculé d'un bond. Il porta la main à sa bouche et regarda. Dans la semi-obscurité du hall, son sang était noir. Il coulait le long de son menton et, en goutte à goutte régulier, constellait de taches sombres son costume clair.

Je profitai de son état pour récupérer mon sac de sport, tombé à mes pieds lorsqu'il m'avait plaquée contre le mur, et courir vers la porte d'entrée. Mais au milieu de ma course, je sentis sa main m'attraper par les cheveux, m'obligeant à m'arrêter, et me ramener inexorablement vers lui. Je poussai à mon tour un cri. Il passa un bras autour de mon cou et je sentis une lame froide et aiguë glisser sur ma joue, puis sur mes lèvres. Il était derrière moi. Collé à moi.

Son sang dégoulinait sur mes cheveux, le long de mon cou, s'insinuait sous mes vêtements.

— Ça, tu vas me le payer, sale pute... Pour commencer, tu vas me filer le fric que t'as gagné ce soir.

Sa diction était déformée par la blessure que je lui avais infligée. Comme étouffée. Ce handicap accentuait encore sa violence. Je glissai ma main dans l'une des poches avant de mon jean et en sortit les quelques billets de mon unique passe. Il s'en saisit avec rage.

— C'est tout ? Ouvre ton sac !

Je posai mon sac sur le sol dallé, m'accroupis et fis glisser la fermeture Éclair. Dimitri était penché au-dessus de moi, son couteau toujours plaqué contre mon visage. Il souleva le sac et le vida en le secouant avec force. Son contenu se répandit à mes pieds. Les vêtements de Clara la Nuit, des clefs et quelques livres. Insatisfait, il me demanda ensuite de vider les deux poches extérieures du sac. J'en sortis ma carte d'identité et ma carte Orange.

— Donne-moi ça ! ordonna-t-il en s'emparant de ma pièce d'identité.

Il commençait à la lire lorsqu'un brouhaha se fit entendre en provenance des étages. Des portes s'ouvraient, des paroles s'échangeaient. Nous vîmes apparaître, en haut des marches qui menaient au premier, le vieux garçon du deuxième étage, en peignoir élimé, une batte de base-ball tenue fermement dans ses deux mains.

— J'ai appelé la police. Ils vont arriver d'une minute à l'autre. Alors je vous conseille de foutre le camp tout de suite, dit-il en s'adressant à Dimitri.

Sa voix tremblait, mais on sentait chez lui une détermination inébranlable. Pour la première fois, j'étais heureuse de le voir.

S'ensuivirent quelques secondes interminables. Dimitri était toujours penché au-dessus de moi, sa lame prête à transpercer ma chair. Il hésitait. La pression de la lame s'intensifia ostensiblement. Se penchant un peu plus, il me parla à l'oreille.

— Je t'attendrai demain soir, à la même heure. Tu me fileras ton fric. Et ce sera pareil tous les soirs. C'est ça, ou je t'écorche. Compris ?

Il me repoussa violemment et je me retrouvai face contre terre. Je ne le vis pas s'en aller, mais j'entendis le bruit de la porte qui s'ouvrit, et se referma.

Le vieux garçon s'approcha doucement. Je m'attendais à être réprimandée mais, à ma grande surprise, il commença à regrouper mes affaires et à les ranger dans mon sac.

— Vous aussi vous devriez partir. La police ne va pas tarder, me dit-il sur un ton sévère et sans me regarder.

Je murmurai un « merci » gêné et finis de remplir mon sac toute seule. J'étais assise par terre, encore sous le choc de ce qui venait de se passer. Le vieux garçon ne partait pas. Il se tenait debout, à côté de moi, et me regardait sans parler. J'aurais préféré qu'il me traite de tous les noms. Qu'il me jette son indignation au visage. Son silence sévère me mettait mal à l'aise. J'avais honte. Honte de ce que j'étais. Honte du spectacle que je venais de donner. La pute et son mac.

Je me relevai difficilement. Je tremblais. Je me dirigeai vers la sortie sans chercher à croiser une nouvelle fois son regard. En ouvrant la lourde porte en bois, une peur panique me saisit. Si Dimitri m'attendait dehors ? La rue ne m'avait jamais paru aussi terrifiante. Il pouvait être n'importe où. Prêt à me suivre, peut-être... Attendant l'instant propice. Je ne pouvais pas prendre le métro. Pas dans cet état-là. Rassemblant le peu de force et de courage qu'il me restait, je traversai la rue en courant et entrai chez Louisa.

J'avais oublié le sang de Dimitri. Sur mon visage, mes cheveux et mes vêtements. Heureusement, le bar était quasiment vide. Louisa poussa un cri d'horreur en me voyant et accourut vers moi. Elle me posa des questions auxquelles je n'arrivai pas à répondre. Tony nous rejoignit. Il prit mon sac, et tous deux m'emmenèrent dans la petite pièce qui leur servait de cuisine.

Après une inspection rapide pour savoir si tout ce sang était le mien, Louisa me servit un verre de cognac que je bus d'un trait. La douce brûlure de l'alcool dans mon corps et le léger étourdissement qui s'ensuivit me firent du bien. Je sentis mes nerfs se relâcher, mes muscles se détendre. Les mots devinrent possibles. Je leur racontai.

Louisa me fit jurer de ne plus mettre les pieds dans le quartier tant que Dimitri serait là. Tony me raccompagna chez moi en voiture.

18

Ce ne fut que le lendemain matin que je repensai à ma carte d'identité. Le dernier souvenir visuel que j'en avais me ramenait à Dimitri, commençant à la lire, juste avant l'arrivée du vieux garçon. Je ne l'avais pas revue ensuite. Je ne l'avais pas remise dans mon sac. J'en étais quasiment sûre. Je vérifiai tout de même en allant chercher mon sac de sport et en glissant ma main dans les petites poches extérieures. Je n'en sortis que ma carte Orange.

Dimitri connaissait mon adresse et, autre motif d'intense inquiétude pour moi, il avait peut-être encore ma carte en sa possession. Prêt à s'en servir et à m'impliquer dans une sombre affaire au cas où je manquerais à l'appel. Je n'avais pas pensé à tout ça en rentrant chez moi, raccompagnée par Tony. Ni avant, chez Louisa. Trop épuisée. Tony m'avait demandé si je voulais qu'il reste avec moi. Je lui avais dit non. Je ne désirais pas remettre ma solitude à plus tard. Je préférais l'affronter au plus vite.

J'avais vidé mon sac, je m'étais douchée, et m'étais écroulée sur le lit. En dépit de mon angoisse, le sommeil était venu immédiatement.

Il fallait donc que je déclare la « perte » de ma carte. Au cas où. Et que j'aille au commissariat du 19e arrondissement. Le genre d'endroit que je préférais éviter en temps normal.

Je voulais m'y rendre le plus rapidement possible. Dans la matinée. La menace de croiser Dimitri au coin de la rue ne pesait pas encore sur moi. Il m'avait donné rendez-vous le soir, après mes passes, et il était évident que je n'irais pas. La vraie menace commencerait à partir de là. J'avais une journée de répit.

Devant le commissariat, j'eus quelques secondes d'hésitation. Peur de tomber sur un visage connu. Un flic qui m'aurait arrêtée lorsque j'étais sur le trottoir. Peur aussi des questions que l'on allait me poser.

Derrière un long comptoir, deux agents me reçurent. Plutôt sympathiques. La mine réjouie de voir arriver une femme seule, sûrs du prestige de leur uniforme. Ils me donnèrent un formulaire à remplir.

Nom : Bergheaud. Prénom : Claire. Adresse : 32, rue Carducci, 75019 Paris. Profession :... Mon regard fuyait cette ligne, y revenait, la fuyait à nouveau. Jusqu'à ce qu'il ne reste que celle-là. Ou presque.

— Vous avez un souci ? me demanda l'un des agents devant mon excessive concentration et mon stylo suspendu au-dessus de la feuille.

— On me demande le numéro de mon ancienne carte... Je ne m'en souviens pas.

— Vous en faites pas pour ça, personne ne s'en souvient jamais !

Je lui adressai un faible sourire et le remerciai. J'avais sauvé la mise une fois. Mais il fallait à présent que j'écrive quelque chose. Je n'avais pas envie de mentir. Pas complètement. Je me lançai. Profession : gérante de société.

Je dévisageai avec appréhension le policier qui relut mon formulaire. À l'affût du moindre rictus interrogateur et annonciateur de complications. Rien ne parut le choquer. Signature, tampon... Il me tendit le double du formulaire.

— Il faudra aller à la mairie avec ce papier... Dans trois semaines. Ils vous donneront votre nouvelle carte.

Je leur adressai un large sourire et leur dis au revoir. Presque aimable. Cette épreuve mineure était passée. Restait à affronter la suite.

19

Je ne pouvais pas m'appeler Claire. Pas pour le tapin. Rose me l'avait dit dès le début : la plupart des filles changeaient leur prénom. C'était une manière de se protéger. De mettre une frontière. Mais ce n'était pas l'unique raison. Le fantasme et la force d'évocation constituaient la deuxième.

« Les prénoms en A, ils adorent. Ça les émoustille. Les noms de fleurs aussi. » Ainsi parlait Rose, mon initiatrice. Et elle avait raison.

Il y a une imagerie sensuelle et sexuelle attachée aux « prénoms en A ». Surtout dans le secteur de la prostitution. Un exotisme. Un certain idéal féminin mâtiné des plus belles promesses de luxure. La « Lola » de *L'Ange bleu*.

Quant aux noms de fleurs, c'est sans doute le contraste qui excite les clients. Voir une femme qui s'appelle Rose commettre les pires outrages à la moralité judéo-chrétienne est pour eux une source de jouissance intarissable.

Je tenais à mon prénom. J'avais mis du temps à me l'approprier. À ne plus le voir comme une redite, un héritage au poids écrasant. Je choisis donc la solution de facilité. Je devins Clara.

20

Je me rendis chez Daniel pour tromper l'attente. Inconsciemment aussi pour avoir un allié sur le territoire de Clara le Jour. Un point de chute en cas d'extrême urgence. Ceci s'ajoutait à une certaine curiosité, et à l'attirance teintée d'inquiétude que je ressentais pour lui.

Il était 15 heures lorsque j'arrivai devant l'atelier du peintre. Dans moins de dix heures, Dimitri m'attendrait en bas de l'immeuble qui abritait mon commerce illicite. Que se passerait-il ?

Si étrange que cela puisse paraître, je ne pouvais me résoudre à faire ma valise et à partir loin, n'importe où. Je ne voulais pas fuir. La pièce devait se jouer jusqu'au bout.

Une maison de ville sur deux niveaux. Avenue Simon-Bolivar. Aucun nom, aucun signalement particulier. Juste ce premier étage sous une grande verrière : son atelier. Je sonnai. Il mit du temps à arriver. Le temps pour moi de regretter, de vouloir faire demi-tour. La porte s'ouvrit. J'eus l'impression de le réveiller d'un long sommeil. Ses traits tirés, son regard trouble, ses vêtements et ses mains maculés de peinture... Il était en train de travailler. Il ne dit rien. Il se tenait dans l'embrasure de la porte, immobile et muet. Derrière lui, l'obscurité. Je rompis le silence avec hésitation et maladresse.

— Désolée de vous déranger... Je suis juste venue vous dire que j'acceptais votre proposition. Voilà. Mais si vous voulez, je peux repasser plus tard, ou un autre jour...

— Entrez.

Je le suivis dans cette pièce obscure que j'avais devinée derrière lui. Les meubles recouverts de draps blancs. Une impression d'abandon. De mort. Une odeur de poussière et de tabac froid. Nous prîmes un escalier en colimaçon qui menait à l'étage. J'étais derrière lui. En haut, la lumière nous attendait.

Elle éclaira une pièce immense et dépouillée. Murs blancs, toit en verre, parquet à l'anglaise, divan pourpre, lit d'appoint défait. Dans un coin, un vieux paravent. Sur le sol, un cendrier rempli de mégots et de cendre. Et un peu partout, des toiles. Achevées ou non, des portraits principalement. Hommes, femmes, enfants. Des visages et des corps. L'une d'elles était sur un chevalet. En cours. À côté, un désordre de couleurs. Pots et tubes de peinture ouverts, pigments mélangés, chiffons tachés, pinceaux...

Je fis quelques pas dans la pièce. Une odeur de peinture emplissait l'air. À la fois terrienne et synthétique, alliée aux effluves persistants de l'essence de térébenthine. Il me regardait évoluer dans son décor, immobile et bienveillant, observant mes curiosités, mes yeux scrutateurs, mes arrêts soudains devant une toile, un visage, un éclat de peinture sur le plancher, un détail.

— Vous voulez commencer tout de suite ?

Sa voix emplit la pièce et me surprit. Sa question me propulsait sur un terrain inconnu, transformant en réalité immédiate ce qui n'avait été jusque-là qu'une éventualité un peu floue.

— Soixante euros. Pour trois heures. Ça vous va ?

— Oui... Il faut que je me déshabille ? demandai-je un peu hésitante, en désignant le paravent du regard.

— Je ne sais pas... Qu'est-ce que vous aimez faire ?

— Comment ça ?

— Dans la vie. À part votre métier et cette passion immodérée pour ma peinture. Vous aimez quoi ?

— Les livres...

J'avais dit ça d'une voix ténue, prête à se briser, comme une petite fille qui s'excuse d'une grosse bêtise. Une part intime était touchée. La sève sous l'écorce.

Il n'était pas surpris. Un peu mal à l'aise de me voir soudain si frêle.

— Quel genre de livres ?

— Tous les genres.

Il paraissait ennuyé, cherchant une réponse que je m'obstinais à ne pas lui donner. Il garda le silence quelques instants, les sourcils froncés, le regard songeur, puis revint à moi.

— Et en ce moment, vous lisez quoi ?

Il y avait un livre dans le sac que je portais sur l'épaule. Un sac de tous les jours, de taille modeste, mais suffisamment grand pour contenir un livre de poche. Je sortis un polar. Il sourit.

— Vous allez lire.

Il me laissa choisir l'endroit où je souhaitais m'installer. Je pris l'un des coussins du divan pourpre et me calai entre deux toiles, le dos appuyé contre l'un des murs, le coussin sous mes reins, à même le plancher. Je regrettais d'être venue en jean, avec mes vieilles Converse aux pieds. Je ne pensais pas garder mes vêtements.

Il installa une toile vierge sur son chevalet, mettant celle sur laquelle il travaillait de côté, et se positionna face à moi. Ses yeux inquisiteurs m'examinaient.

— Je dois me tenir d'une façon particulière ?

— Lisez...

J'ouvris le livre à la première page, mais ne parvins pas à me concentrer sur les mots. Je me contentais de les déchiffrer sans leur donner de sens, revenant inlassablement à la première phrase. Daniel s'approcha de moi. Je restai immobile. Il releva légèrement mon visage, le tourna un peu plus vers lui. « C'est mieux... » Ses mains rugueuses, sa voix adoucie.

Ensuite, il retourna à son chevalet. Mon roman m'engloutit. J'en achevai la lecture avant la fin de la séance mais ne relevai pas les yeux pour autant. Je relus des passages. Je crois que j'avais peur de bouger. De rompre ce lien silencieux qui allait de lui à moi.

Mes souvenirs de cette première séance de pose sont essentiellement sonores. Les frottements du fusain sur la toile, les sonorités humides de la peinture travaillée et mélangée, les pots qu'on ouvre, les pinceaux qui s'entrechoquent... Le briquet qui allumait cigarette sur cigarette entre les lèvres de Daniel. Mais aucun mot échangé. Il ne me parla qu'en me raccompagnant à la porte d'entrée et me demanda de venir plus tôt le lendemain. Pour la lumière.

— Avec les mêmes vêtements ? lui demandai-je.

— Aucune importance.

Vous ressembliez à cette maison. Ce rez-de-chaussée froid et muet, sans vie possible. Sans histoire. Et l'atelier à l'étage. Cette lumière. Ce feu.

Où aviez-vous rencontré tant de visages, vous qui ne rencontriez plus personne ?

21

Je rentrai chez moi. 18 h 20. Encore quelques heures de répit. Je relus des passages de *L'Amante anglaise*, mon premier Duras. Je venais d'arriver à Paris. Mes premières passes. Je découvrais la part sombre de ma sensualité et la musique de l'écrivain. Une musique douce et heurtée, comme le sexe. Douce-amère.

Peut-être avais-je besoin de retrouver les mots de Duras, après cette nouvelle expérience sensuelle qu'avait été la séance de pose avec Daniel. Ce nouvel apprentissage.

Minuit trente. L'heure à laquelle je quittais généralement ma chambre de bonne. Dimitri devait m'attendre. Le véritable danger commençait. Je ne m'endormis que très tard. Vaincue par un sommeil contre lequel j'avais lutté désespérément, la lampe allumée. J'avais peur.

22

Je me rendis tout de même chez Daniel le lendemain. Les sens à vif, la peur à fleur de peau.

Je retrouvai avec soulagement son désordre et l'odeur de peinture mêlée à celle du tabac. Contrairement à moi, Daniel était plus détendu que la veille. Il esquissa un sourire en me voyant sortir de mon sac ma lecture pour la séance. Nous venions de nous installer, moi sur le sol, lui derrière son chevalet.

— C'est quoi aujourd'hui ?

Je lui montrai la couverture. *Les Poèmes à Lou.* J'avais envie de le voir travailler, et la poésie me permettrait ça. Prendre des respirations, lever les yeux de temps en temps. Un livre sans début ni fin.

Les yeux de Daniel étaient allés de la couverture à moi. Un léger sourire traînait encore sur ses lèvres.

— Pourquoi tu te prostitues ?

C'était la première fois qu'il me tutoyait depuis la déclaration. Moi, je n'y arrivais pas. Exception faite de Tony et Louisa, le tutoiement était ma langue de travail. Je la réservais à mes clients.

— Pourquoi vous peignez ?

Il attendait une réponse et fut légèrement étonné de ma question. Il hésita avant de me répondre.

— C'est ce que je fais de mieux.

— Moi aussi.

Il me posa d'autres questions ce jour-là. Distillées tout au long de notre séance, comme des couleurs jetées au hasard sur la toile. Des questions sur mon drôle de métier et ma drôle de vie. « Depuis combien de temps ? Tes clients ? Tes rêves ? » Je lui racontai mes débuts à l'hôtel Éden, Rose, les « classiques » et les « hors-séries », mes pensées toujours ailleurs. Je ne lui parlai pas de Dimitri.

— Et moi, dans quoi tu m'as classé ? Les « hors-séries » ?

— Oui.

Il rit. Un rire franc, soudain. Le premier rire depuis notre rencontre.

Son intérêt me touchait tant que je n'osais à mon tour lui poser les questions qui occupaient mon esprit et brûlaient mes lèvres. J'avais peur qu'il se ferme. Que son mutisme me laisse seule et me renvoie aux yeux bleu iceberg.

Comme je l'avais espéré, je lus par intermittence. À certains moments, il me demandait de baisser les yeux sur mon livre. Le silence s'installait un temps.

Le temps de quelques poèmes. Puis nos échanges reprenaient. Mon corps ne bougeait pas, mais mon regard suivait ses gestes, ses alchimies étranges, avec fascination. Je découvrais un monde.

La séance se termina et Daniel sortit de la pièce en me demandant de l'attendre. La tentation fut grande pour moi d'aller voir la toile qu'il avait déplacée dans un coin, toujours sur son chevalet, face contre mur. Mais je résistai. Daniel revint avec une bouteille de vin rouge et deux verres ballons.

— Je crois que c'est ce que tu aimes ? me demanda-t-il en me montrant la bouteille.

N'attendant pas ma réponse, il alla s'asseoir sur le canapé et remplit les deux verres. Je le rejoignis. Cela faisait longtemps que je n'avais pas bu de vin. Une autre de mes habitudes anéantie. Je portai le verre à mes lèvres.

— Ce n'est pas la peine que tu reviennes demain, je n'ai plus besoin de toi.

Pas d'expression particulière sur son visage. Il venait d'avaler une grande gorgée de vin et gardait dans sa main son verre posé sur un genou. En une seule phrase, il m'avait renvoyée à la réalité. À ma peur.

— Je le terminerai seul, poursuivit-il en se tournant vers le tableau.

— Quand ?

— Je ne sais pas... demain peut-être.

Un silence étrange s'abattit sur nous, rempli de mots avortés. Chacun finit son verre sans regarder l'autre.

Devant la porte d'entrée, il plongea sa main dans la poche de son pantalon et en sortit une boule froissée de billets pliés et repliés. Mes cent vingt euros. Il les défroissa sommairement et me les tendit en me remerciant. Je les pris et ouvris moi-même la porte. Je crois que j'étais très pâle.

— Ça va ? me demanda-t-il en me considérant avec inquiétude.

— Oui... C'est le vin. Je n'ai pas bu d'alcool depuis un moment.

Était-ce dû à un soudain accès de compassion ou de pitié face à mon état lamentable ? Daniel me proposa de passer chez lui quelques jours plus tard, pour voir le tableau achevé. Quelques jours... Ces mots, et tout ce qu'ils contenaient d'imprévisible, laissèrent dans ma poitrine un grand vide oppressant.

23

Je le vis sortir de mon immeuble avec fureur et monter dans une voiture stationnée dans ma rue. Dimitri. Il était seul. Il m'attendait.

Un sang froid, comme étranger au mien, s'infiltra dans mon corps. Je restai figée, à l'angle de ma rue et de la rue de la Villette, tenaillée entre deux certitudes. Il fallait partir, vite et loin, mais j'étais dans l'incapacité physique de le faire. La peur.

Un mouvement de tête de Dimitri dans ma direction m'insuffla une énergie inattendue. Comme une piqûre de guêpe. Mon corps se mit en branle avant même que mon esprit ne lui en donne l'ordre. Réaction physique, animale, de survie. Mon corps fit demi-tour et descendit la rue de la Villette. Mon esprit confus reprenait peu à peu les commandes. Au bout de la rue, tourner à droite. Station Pyrénées. Et là il faudrait décider. Choisir une direction.

Prendre le métro et aller n'importe où ? Je n'avais ni chéquier ni carte bleue. Seulement les cent vingt euros de Daniel. Je ne pourrais pas tenir longtemps avec ça. Il faudrait revenir. Affronter la peur, seule, ou demander à Tony d'aller chercher mes affaires. Mais c'était le mettre en danger. Dimitri était capable de tout à présent.

Aller chez Louisa ? Le bar et ses environs étaient une zone à risques pour moi.

La rue de la Villette touchait à sa fin. Je tournai à droite. Rue de Belleville. J'approchai du métro. Depuis le début de ma « fuite », je n'avais cessé de me retourner et de jeter des regards paniqués tout autour de moi. Les gens qui me croisaient me dévisageaient. Me pensaient folle, certainement.

Je m'arrêtai devant la station Pyrénées. Il fallait se décider. Maintenant.

Je repris ma marche précipitée en direction de l'avenue Simon-Bolivar, jusqu'à l'atelier de Daniel.

24

Je racontai tout au peintre. Finissant chaque phrase à bout de souffle, enchaînant les mots avec précipitation. Tout lui dire pour qu'il me garde. Dans l'entrée sombre de sa maison en clair-obscur, cette confession désespérée de ma peur et de ma vie arrêtée, réduite à l'attente et au vide.

Il avait mis du temps avant d'ouvrir la porte. Il était au premier. Son visage n'exprima aucune surprise lorsqu'il me vit. La surprise était une sensation inhabituelle pour lui. La vision de mon affolement et le fait que je revienne chez lui une demi-heure à peine après en être partie n'étaient pas suffisants pour la déclencher.

Il me fit entrer et m'écouta jusqu'au bout, attentif et silencieux. Aucune question lorsque j'eus fini. Il me demanda de le suivre à l'étage.

La bouteille et les deux verres étaient toujours là, posés sur le sol, à côté du divan. Il était environ

19 heures et la lumière était encore belle dans l'atelier. Une lumière d'été. Je m'assis sur le divan, un peu comme si je ne l'avais jamais quitté. Daniel remplit mon verre et me le tendit. Je bus plusieurs gorgées comme une assoiffée, sans reprendre ma respiration.

— Ça fait combien de temps que tu ne travailles plus ?

— J'ai arrêté pendant presque un mois... J'ai repris deux semaines, et là ça fait deux jours que je n'y suis pas retournée. Depuis le hall...

— Qu'est-ce que tu comptes faire ?

Il était debout devant moi, et je le trouvais immensément grand. Je me sentais minuscule et sa question me rendit plus petite encore. J'étais tassée au fond du divan.

— Je ne sais pas.

— Tu ne veux pas aller voir les flics ?

— Je ne peux pas aller voir les flics... Et puis je n'ai aucune preuve contre Dimitri. Ce serait sa parole contre la mienne... Je ne suis pas sûre de gagner.

— Quelqu'un vous a vus, tu m'as dit, dans le hall de l'immeuble.

— Il parlera pas. Pas pour moi.

Il resta pensif quelques secondes.

— Si tu veux je peux t'accompagner chez toi. On récupère tes affaires et tu prends un train ou un avion... Qu'est-ce qui t'empêche de partir ?

— C'est trop risqué d'aller chez moi pour l'instant...

Je savais la raison insuffisante aux yeux de Daniel. Aux miens aussi d'ailleurs.

— Je ne veux pas m'enfuir..., ajoutai-je sans conviction.

Je vis la colère arriver dans ses yeux. Elle s'empara aussi de ses gestes, devenus brusques tout à coup. Des gestes d'exaspération. Il fit quelques pas dans la pièce et revint vers moi. Je ne comprenais pas cet emportement inattendu.

— Tu te caches, tu crois que c'est mieux ? Tu te caches ici, tu te caches chez Louisa... Tu te caches derrière une fierté que tu as perdue depuis longtemps.

Il se radoucit un peu, gêné de son propre débordement.

— La fierté ne fait pas le poids face à la peur. Je parle de la vraie peur... Celle que tu ressentais tout à l'heure, quand j'ai ouvert la porte...

La colère et la gêne laissaient maintenant place à la tristesse. Il me fixait intensément, tendu et épuisé.

— ... Et celle que tu ressens, à l'idée de changer les choses.

Il s'éloigna de moi, retourna à sa toile et reprit le travail. J'étais tout entière dans la stupeur. Cette colère, ces mots terribles dans leur vérité, et puis rien. Le rideau était baissé. Toute communication coupée. Je finis mon verre et restai de longs instants dans ce silence. Son silence. Puis une fatigue énorme et soudaine s'abattit sur moi. Je basculai dans un sommeil sans rêves.

25

La voix de Daniel me réveilla, en même temps qu'une odeur de nourriture. Il était accroupi à ma hauteur, une assiette fumante dans l'une de ses mains, des couverts dans l'autre.

— J'ai fait une omelette.

Je me redressai lentement, l'esprit encore entre deux mondes, les souvenirs refluant laborieusement vers ma conscience. Je pris l'assiette et les couverts qu'il me tendait.

— Merci... Quelle heure est-il ?

— 21 heures. Ça va mieux ?

Lui aussi avait une assiette. Posée sur ses jambes croisées en tailleur. C'était étrange, cet homme qui semblait ignorer toute une partie de sa propre maison, et qui préférait manger par terre plutôt que de s'abandonner au confort qui l'attendait à l'étage inférieur.

— Vous ne vous servez jamais des pièces du rez-de-chaussée ?

Ma question ne sembla pas l'importuner. Au contraire. Il me sourit.

— La salle de bains, la cuisine... C'est tout.

— Pourquoi ?

— Je n'aime pas la nostalgie. J'y succombe trop facilement...

Mon incompréhension l'incita à continuer.

— C'est la maison de mes parents. J'y ai vécu jusqu'à dix-huit ans... Quand mon père est mort, ma mère est restée seule ici. Elle adorait cet endroit. Quand elle est morte à son tour j'en ai hérité... Je n'en voulais pas, mais je n'ai pas eu le courage de la vendre. Ni de la louer.

Son regard me quitta quelques instants, rentré en lui, convoquant les images de son passé. Puis il revint vers moi.

— J'ai décidé de vivre ici. J'ai abattu toutes les cloisons du premier, refait le toit, et j'ai construit l'atelier. Pour y travailler et pour y vivre. J'ai laissé le rez-de-chaussée et ses souvenirs intacts.

Je regardai cet homme qui vivait avec ses fantômes tout en les fuyant. Je comprenais mieux mon attirance pour lui. C'était la peur qui faisait de nous des âmes sœurs. Lui et moi bloqués entre deux mondes.

— Que faisaient vos parents ?

— Mon père était banquier. Ma mère ne travaillait pas. Elle peignait, de temps en temps, quand j'étais enfant. Des portraits de moi...

— C'est elle qui vous a appris ?

— Au début, oui. Ensuite j'ai suivi des cours, en cachette de mon père. J'étais fils unique. Il voulait que je lui succède à la banque... Le jour où je lui ai dit que ça ne se passerait pas comme ça et que je voulais arrêter mes études pour me consacrer à la peinture, il est entré dans une colère noire. Une colère comme je n'en ai jamais vu depuis. Il s'est calmé après. Ma mère l'a convaincu de me laisser faire et de m'aider. J'avais quinze ans.

Il commençait à faire sombre dans l'atelier. Nous étions deux ombres grises et fragiles. Un oiseau nocturne était posé sur le toit. Il y avait le piétinement léger de ses pattes, par moments, au-dessus de nos têtes. Et les bruits lointains d'une ville sans repos. Pour la première fois depuis des mois, j'étais en paix.

Daniel me livra d'autres fragments de lui. Avec prudence. Des morceaux choisis. Il se tenait au bord du volcan, approchant du cœur en fusion sans jamais y tomber.

Il se leva de façon soudaine, refusa mon aide, ramassa assiettes, verres et couverts, et se dirigea vers l'escalier menant au rez-de-chaussée. Il disparut et je restai seule un long moment. Il faisait nuit noire dehors. Je n'avais pas envie de partir.

Je reconnus des bruits d'eau, de vaisselle, puis les gonds plaintifs d'une armoire ou d'un placard que l'on ouvre.

Je me levai à mon tour et descendis l'escalier étroit. J'arrivai dans des ténèbres quasi totales, si ce n'était, au bout de ce qui ressemblait à un couloir, une pièce dont la lumière tamisée éclairait faiblement l'espace alentour. Je me dirigeai vers cette pièce et restai sur le seuil. Une chambre. Daniel était là, changeant les draps d'un grand lit au bois sombre. Austère. Autour, comme ailleurs au rez-de-chaussée, des meubles recouverts. Des petites fleurs serrées sur la tapisserie des murs. Une sensation d'étouffement. Daniel s'était retourné vers moi.

— Tu peux rester là cette nuit. On avisera demain...

Je ne trouvai rien à lui dire. Tout remerciement aurait été ridicule, incapable de traduire la reconnaissance et le soulagement qui étaient les miens à cet instant précis. Je me contentai d'approcher du lit et de l'aider dans sa tâche. Surprenant mes regards curieux, qui balayaient régulièrement la pièce, il m'expliqua que cette chambre avait été sa chambre d'enfant, puis la chambre d'amis.

Le lit enfin prêt, Daniel me montra la salle de

bains et me souhaita bonne nuit. Il monta dans son atelier, exécutant ainsi l'une de ses sorties de scène dont il avait le secret, soudaine et sans appel, et me laissa seule avec ses fantômes en draps blancs.

26

Je ne réussis pas à dormir. Une horloge égrenait bruyamment les secondes, et ce temps martelé résonnait dans ma tête. M'obsédait. Aucun repos ne m'était possible. Mon corps en mouvement perpétuel, tournant et retournant, mon esprit électrisé.

Je ne voulais pas allumer. Cette chambre m'oppressait. Les draps, la tapisserie, cette odeur de mort... Je me levai. J'enfilai mon jean et ma chemise à tâtons et sortis de la pièce. Mes yeux, habitués au noir et à ses nuances, me guidèrent sans problème jusqu'à l'escalier menant à l'atelier. Je montai les marches comme une somnambule.

Le plancher était doux et tiède sous mes pieds nus.

Arrivée en haut, le silence total qui régnait dans la grande pièce m'intimida. L'envie de redescendre me traversa. Fugace. Déjà je me dirigeais vers le divan, avec mille précautions, surveillant le corps de Daniel, immobile et à moitié recouvert d'un drap lui aussi.

Il était couché sur le ventre. Le haut du corps découvert. Entièrement nu, très certainement. Je ne l'avais pas imaginé aussi mince. Presque frêle. Les os saillants sous la peau.

Je m'assis sur le divan et restai là, immobile, les yeux posés sur lui et sur son sommeil. J'avais calé ma respiration sur la sienne. Le rythme de son abandon.

Il se redressa doucement et tourna la tête vers moi. Il me sourit.

— Je vous ai réveillé ?

— Je ne dormais pas.

Il bascula sur le dos et remonta le tissu sur son ventre. Il regardait le ciel noir, par-delà le toit de verre. C'était le moment pour moi...

— Qui est la femme brune, sur vos tableaux ?

Il ne bougea pas tout de suite. Après un certain temps seulement. Il prit appui sur ses mains, se releva légèrement et s'adossa au mur derrière lui.

— Tu te demandes si c'est toi ?

— Oui.

— C'est toi, dit-il après un court silence. Et ce n'est pas seulement toi. Dans l'art tout est mélange, rien n'est pur. Un visage est la somme de dix visages... Montherlant appelait ça la « marmite de sorcière »...

— Il y a combien de visages, dans ce visage-là ?

— Je crois qu'il y en a deux. On ne peut jamais être sûr...

Daniel me raconta. Le visage que je ne connaissais pas. Puis ce fut mon tour. Nos histoires de fantômes.

Il arrive un jour où l'on sait que l'on aime. Cette nuit-là, j'ai su que je vous aimais.

27

Ses fantômes

Il faut imaginer Daniel à trente ans. À la fois le même et un autre. La dureté sans la tristesse. L'intransigeance sans la désillusion. L'ambition encore vive. Ne pensant qu'à sa peinture. Dévoré par elle.

Ses toiles commençaient à bien se vendre. Son nom circulait dans les galeries où il était de bon ton de « s'exposer ».

Sa fascination pour les visages et les corps était déjà là, dans sa peinture. Pour un visage, surtout. Celui d'une jeune femme brune et un peu sauvage qui posait souvent pour lui. L'ironie et la fragilité dans les yeux. Vibrante, comme une note tenue dans les aigus. À tous moments sur le point de se briser.

Un jour, après une séance de pose, la jeune femme lui avait donné une lettre. À lire quand elle serait partie. Daniel refusa d'attendre. Il lui demanda de rester et lut la lettre devant elle. C'était la déclaration. Il la lut et il rit. Devant elle. Il rit parce qu'il avait peur. Il rit parce qu'il était troublé, et qu'il ne savait pas quoi faire de son trouble. Il rit pour qu'elle parte, avec ses mots de renoncement et sa pureté effrayante. Il rit parce qu'il « portait le voile », et que rien ne pouvait se glisser, sous ce voile, pour venir contre sa peau. Elle s'en alla. Sans rien dire. Comme elle le faisait toujours. Elle ne revint pas le lendemain, ni le surlendemain. Daniel alla chez elle.

Ce fut la gardienne d'immeuble qui lui raconta. L'alcool, les cachets, l'ambulance arrivée trop tard... « Bien triste, aussi jeune... Allez savoir ce qui leur passe par la tête... » C'était sa mère qui s'était rendue chez elle et l'avait trouvée sans vie, dans sa chambre. Elle n'avait laissé aucun mot.

Lorsque Daniel me vit pour la première fois, c'était chez Louisa. Il avait rendez-vous avec un acheteur. Un Américain émerveillé et optimiste, qui trouvait très exotique le fait de se donner rendez-vous dans le quartier des putes.

Moi je ne le vis pas ce soir-là. Lui fut frappé par la ressemblance avec son modèle. Il revint plusieurs fois. L'envie de m'entendre lire la déclaration s'insinua doucement en lui, comme un désir indécent que l'on met du temps à s'avouer. Elle devint une obsession.

Ce n'était pas un acte de pénitence. Il n'attendait aucun pardon. Ni du ciel ni de lui-même. Il espérait simplement que la nausée le quitterait. Cette nausée qui lui vrillait la gorge et le ventre chaque fois que ses yeux croisaient involontairement son propre visage, dans les miroirs inattendus et les vitrines des magasins.

28

Mes fantômes

Je ne pensais pas souvent à mon père. Je n'en avais pas besoin. Il était là. Omniprésent. Dans chaque geste que j'accomplissais, chaque phrase prononcée, dans cette ressemblance physique qui me liait à lui inexorablement.

Ce sont les livres qui nous ont éloignés. Définitivement. Avant même qu'il ne m'ait vue sur le trottoir, avec ma jupe trop courte et ma gueule de nuit. Un éloignement aussi profond et durable que l'amour que nous nous portions, maladroit et irréversible.

Il s'était toujours méfié de l'instruction. Cette instruction qui lui faisait peur, comme tout ce qu'il ne connaissait pas, ou peu. Bonne à faire des « têtes tordues ». Lui était allé à l'école jusqu'à quatorze ans. Par obligation. Ensuite, il avait aidé son père et son frère à la ferme, dans le Cantal. Une trentaine de vaches Salers à traire tous les matins à 4 h 30, et le soir. Plus tout le reste.

Son intelligence n'était pas apprise. Elle était instinctive. C'était sa fierté. Et sa honte.

À dix-huit ans, il fit son service et décida de rester dans l'armée. Engagé volontaire, pour échapper à cette vie qu'il n'aimait pas. L'odeur des bêtes qui colle à la peau et devient votre propre odeur. On l'envoya en Indochine. Il découvrit l'odeur du sang, et la peur qui vide les entrailles. Le doigt collé à la détente, paralysé, pour tuer son premier homme, et le chargeur qui n'en finit pas de vomir ses balles. Impossible d'arrêter. Figé devant ce cadavre qu'il tuait et tuait encore.

Il avait rencontré ma mère après l'armée. Il était revenu au pays et aidait à nouveau son père, sans grande conviction. En attendant mieux. Il la vit arriver avec ses parents, au bal du 14 Juillet d'Aurillac. Elle avait dix-sept ans et était en vacances dans la région. Lui en avait vingt-trois et n'était jamais parti en vacances. Ses voyages l'avaient emmené en enfer. Il l'invita à danser. Il la prit dans ses bras, et n'eut plus envie de les rouvrir.

Ils s'installèrent à Auxerre. Dans sa ville à elle. Mon père quitta son Cantal sans regrets. Les parents de ma mère avaient un restaurant, quai de la République, au bord de l'Yonne. Cuisine traditionnelle et clientèle familiale. Rien d'innovant, mais une affaire qui « tournait » bien. Mon père commença à y travailler comme serveur. Ma mère, qui avait son bac, aidait ses parents pour les comptes.

Ils reprirent l'établissement dix ans après, à la mort de mon grand-père maternel.

Pendant treize ans, ils m'ont attendue. Espérée. En se demandant chaque jour ce qu'ils avaient bien pu faire pour mériter une telle tristesse. L'absence d'enfant. Treize années de visites chez les médecins de toute la région, et même de Paris. Treize années de traitements inutiles. Et l'angoisse, chaque mois, au moment des règles. Et ce dégoût de faire l'amour, après tout ça.

Je suis arrivée lorsqu'on ne m'attendait plus.

Mon père avait voulu une fille pour lui donner le prénom de sa mère. Il était heureux. J'héritais ainsi d'une autre vie, en plus de la mienne. Celle d'une femme bannie par les siens. Ma grand-mère paternelle, renvoyée chez sa famille par son mari, parce qu'elle l'avait trompé avec un homme d'un village voisin.

Mon grand-père ne voulut plus jamais la voir et lui interdit tout contact avec ses fils. Son autorité et sa violence naturelles n'incitaient pas à la désobéissance. Mon père avait sept ans. Il ne revit plus sa mère.

J'avais sept ans moi aussi quand ma mère est morte. Un accident de voiture. L'histoire qui, en dépit de notre vigilance, commençait déjà à se répéter.

Petite fille, mon père était mon amour. Et j'étais le sien. Le moindre de mes désirs exaucés, le moindre soupir épié, son regard toujours posé sur moi, comme une main qui protège. Il réécrivait son histoire. Grâce à moi.

Il plaisait beaucoup aux femmes. Je n'en vis jamais une seule chez nous. Lorsque j'étais enfant, il sortait parfois le soir et me faisait garder par une de mes cousines. Une adolescente ingrate dont j'ai oublié le prénom. Ces sorties se raréfièrent avec le temps et devinrent exceptionnelles.

J'ai peut-être lu trop de livres, trop tôt. La lucidité m'a rattrapée au début de mon adolescence et l'amour de mon père s'est transformé à mes yeux en tyrannie.

Me voir grandir le terrorisait. L'idée que je puisse partir lui était insupportable. Il commença à me faire travailler au restaurant, de temps en temps, pour « donner un coup de main », puis plus souvent. Une façon de m'attacher à lui et à cet endroit que j'exécrais. Il voulait que j'arrête mes études après mon bac. Je voulais continuer et quitter Auxerre. La haine s'installa entre nous. Elle avait la même couleur que l'amour. Nos disputes se multiplièrent, de plus en plus violentes. Non pas physiquement, mais verbalement. Je partis à Paris après l'une d'elles.

Peut-être la prostitution a-t-elle été un moyen de me rendre irrécupérable. De fuir son emprise.

Nous n'avons pas échappé à la malédiction. Nous avons marché vers elle, l'un comme l'autre, alors même que nous pensions nous en éloigner.

29

Je n'étais pas retournée dans ma chambre. Je m'étais endormie sur le divan, à la fin de mon récit, comme un enfant épuisé. J'avais emporté dans mon sommeil, telle une image persistante, le regard de Daniel posé sur moi lorsque je lui parlais de mon père. Une douceur infinie.

Lorsque j'ouvris les yeux, le lendemain matin, le lit était vide et j'étais seule dans l'atelier. Au milieu de la pièce, sur le chevalet, il y avait le tableau pour lequel j'avais posé. Achevé. Et une enveloppe blanche.

Il avait peint mon visage. Uniquement. Cette concentration douce de la lecture. Cet apaisement. Y avait-il un autre visage que le mien sur la toile ? Peut-être... Mais je ne le vis pas.

Je pris l'enveloppe et en sortis une lettre.

« Voilà ton visage. Il n'a jamais été autrement.

Je pars pendant une semaine. Tu peux rester si tu

veux. Le temps de réfléchir et de prendre une décision. Au fond de toi, tu sais ce que tu as à faire. Fais-le.

Mon départ n'est pas une fuite. C'est juste qu'il est trop tôt, et que les fantômes sont difficiles à tuer. Ils prennent leur temps pour mourir.

Je t'embrasse, pour la première fois,

Daniel. »

30

Je restai deux jours chez Daniel. Sans sortir de l'atelier ou presque. Je ne descendais au rez-de-chaussée que pour me faire cuire des pâtes dans la cuisine, ou pour me laver dans la salle de bains. J'évoluais dans cette maison comme Daniel devait le faire, me cantonnant au premier étage, reléguant le niveau inférieur aux nécessités d'ordre biologique. Je dormais dans son lit.

Deux jours comme une halte. Une parenthèse avant de toucher les rives de ma première destination. J'arrivais au bout de mon premier voyage.

Je ne faisais pas grand-chose. Je pensais aux journées qui allaient suivre. Aux décisions que j'étais en train de prendre, et devant lesquelles je ne reculerais plus.

Le troisième jour, je me levai très tôt et mis mes

vêtements à laver dans la machine qui encombrait la salle de bains, de taille plutôt modeste. Lavage, séchage, quelques heures d'attente... Nue, je me sentais terriblement étrangère à cet endroit. Une anomalie. C'était singulier, cet exil de proximité. Un peu absurde. Comme dormir à l'hôtel dans son propre quartier.

Mes vêtements une fois secs, je m'habillai et sortis de chez Daniel. Je gardai les clefs qu'il m'avait laissées, pour le retour. J'évitai les proches environs de mon immeuble et me dirigeai rapidement vers le métro Pyrénées. Les gens me regardaient étrangement. Mon aspect froissé, très certainement. Je n'avais pas pris la peine de chercher un fer à repasser et m'étais contentée de tirer un peu sur mes vêtements pour détendre les rides du tissu.

Je sortis Gare-de-Lyon et entrai dans la première agence de location de voitures qui se présenta à moi. L'employée qui s'occupa de mon cas fut très étonnée de me voir payer en liquide. L'état de mes vêtements ne la rassura pas davantage. Elle fit une photocopie de mon permis de conduire et prit un air circonspect pour m'expliquer les grandes lignes du contrat de location et me tendre les clefs du véhicule. Mon salaire de modèle fut dépensé dans sa quasi-totalité.

Je me rendis sur le parking de l'agence, en quête d'une Opel Corsa gris métallisé que je repérai de loin avant de me diriger vers elle. Ce serait donc la couleur de mon voyage. Gris. Une couleur sans tapage. Comme la ville dans laquelle j'avais grandi et où je m'apprêtais à retourner après vingt ans d'absence.

Paris-Auxerre. Deux heures de route. Peut-être moins. Je m'étais promis de revenir à Paris dans la journée. Quoi qu'il arrive.

La première demi-heure de mon voyage fut tout occupée par l'aspect technique de ma conduite et le retour laborieux de réflexes endormis depuis longtemps. J'avais passé mon permis un an après mon arrivée à Paris et n'avais conduit qu'en de très rares occasions.

Ce ne fut qu'une fois lancée sur la trajectoire uniforme de l'autoroute que je m'autorisai à penser à la suite de mon voyage, et à la probable confrontation avec mon père. Une confrontation que je provoquais sciemment. Un acte nécessaire.

Je ne cherchais pas une réconciliation. Je voulais remplir le silence de notre dernière rencontre. Y mettre des mots d'amour ou de haine, peu importait. Notre haine n'était qu'un amour travesti. Trop douloureux pour se montrer sans fard. Je voulais tuer le silence. Notre malédiction. Notre héritage. Un poison dans le sang, comme l'honneur et l'orgueil.

La sortie pour Auxerre stoppa brutalement le cours de mes pensées. À présent, il fallait se souvenir. Étrangement ces rues ne m'évoquaient rien. Ma mémoire les avait effacées. Reléguées là où elles étaient hors d'atteinte. Je dus demander mon chemin à deux reprises.

Ce fut en arrivant devant le restaurant que j'eus un choc. Ma mémoire n'avait pas achevé son travail d'oubli.

Rien n'avait changé depuis mon enfance. La façade, un peu vieillotte et rustique... Le genre de façade qui annonce les nappes à carreaux rouges et blancs à l'intérieur. Et le nom. « Chez Georges ». Le prénom de mon grand-père. Mes parents l'avaient gardé pour ne pas perdre la clientèle.

Au-dessus du restaurant, il y avait l'appartement où j'avais grandi. Les volets étaient fermés. Il était 11 h 30. Mon père, s'il travaillait encore, devait être en bas.

Je me garai devant l'établissement et eus un instant de faiblesse lorsque j'ouvris ma portière. Un léger vertige. Les circonstances sans doute, additionnées au fait que je n'avais rien mangé depuis la veille. J'attendis que ça passe, assise derrière mon volant, les yeux rivés sur cet endroit qui me terrifiait à présent. Tout ce que j'avais voulu laisser très loin de moi s'y trouvait. L'ennui et les bonheurs de l'enfance. Ma révolte et ma solitude.

Je sortis de la voiture et marchai lentement jusqu'à l'entrée du restaurant. À l'intérieur aussi, rien n'avait changé. Ce côté simple et « campagne » qui rassurait les familles. Une cinquantaine de couverts, répartis sur de grandes tables en bois, rondes ou rectangulaires. Les fameuses nappes à carreaux, une vaisselle robuste, des panières en osier... Du solide, sans fioritures. À l'image des plats proposés. Une cuisine carnée et calorique, bien loin des préoccupations végétariennes de la capitale.

Aucun client encore. Un jeune serveur acnéique terminait de dresser les tables. Je me dirigeai vers lui et demandai à voir le patron. Le serveur me sourit timidement et disparut en cuisine. Un homme d'une cinquantaine d'années, trapu et dégarni, en sortit presque aussitôt. Il prit quelques secondes pour me dévisager et s'avança vers moi, souriant.

— Bonjour, vous êtes le patron ?

— C'est moi, oui... Qu'est-ce que je peux faire pour vous ?

— Je suis venue voir l'ancien patron du restaurant. M. Bergheaud. Il habite toujours au-dessus ?

— M. Bergheaud ?...

Son air surpris glaça mon sang. Je compris immédiatement. Curieusement, je n'avais pas pensé à cette possibilité. Comme une petite fille qui croit ses parents éternels.

Il était mort deux ans auparavant. Il avait sans doute demandé à ce que personne ne cherche à me joindre, lorsque ça lui arriverait. Il avait eu le temps de prévoir : mort des suites d'une longue maladie.

Je remerciai le patron pour ses renseignements et repris ma voiture. Je ne lui avais pas dit qui j'étais. Je dus encore une fois demander mon chemin pour aller jusqu'au cimetière.

Mes parents étaient enterrés côte à côte, dans un même caveau. Je ne restai qu'un court instant, la main posée sur la pierre tiède, réchauffée par le soleil d'août.

À aucun moment durant mon voyage je n'avais eu envie de pleurer. Même au retour. Je n'étais pas triste, simplement vide. Ce ne fut que le soir, en revenant chez Daniel, que quelque chose céda en moi. Les larmes coulèrent, sans violence, longtemps.

31

Je me souviens d'un été heureux. J'avais onze ans. Mon père m'avait envoyée dans le Cantal, chez mon grand-père, parce que je m'ennuyais au restaurant.

Je vécus là-bas en vraie sauvage, pendant trois semaines. Je ne rentrais que pour manger ou dormir, passant mon temps dehors, à lire couchée dans l'herbe ou à m'occuper des vaches avec mon oncle.

Ce dernier, frère cadet de mon père, avait deux fils, tous deux plus âgés que moi. Ils venaient travailler à la ferme de temps en temps.

Je venais de découvrir Colette. J'avais acheté *Claudine à l'école* dans une épicerie d'Aurillac. L'épicier vendait des livres d'occasion, dans des cageots de fruits et légumes, à l'entrée de son magasin.

Cette lecture me donna quelques émotions, les premières, et ce fut avec curiosité et bonheur que je testai mon pouvoir de séduction encore balbutiant sur l'un de mes cousins. Le plus beau des deux. Il finit par m'embrasser, plus pour se débarrasser de moi, je crois, que parce qu'il en avait réellement envie.

Chez mon grand-père aussi, j'étais une princesse. Le vieil homme m'adorait. Il avait eu deux fils, mon oncle aussi. Seul mon père avait eu ce cadeau du ciel : une fille.

Parfois, lorsque j'étais avec lui, mon grand-père arrêtait ce qu'il était en train de faire pour me regarder. Sans parler. Je ne comprenais pas pourquoi et je le pensais un peu sénile. Je ne savais encore rien de la vie de ma grand-mère. On m'avait dit qu'elle était morte, et c'était tout.

Je compris après, lorsque mon père me raconta toute l'histoire, que je lui faisais penser à cette femme qu'il avait répudiée et qu'il aimait encore. Ma grand-mère était effectivement morte, elle s'était laissée mourir de chagrin.

Au bout de trois semaines, mon père m'avait rejointe pour que nous repartions ensemble, quelques jours plus tard. Il était arrivé sans nous prévenir et je l'avais trouvé au retour d'une de mes promenades, assis dans la cuisine avec mon grand-père. À sa vue, un élan d'amour et de bonheur pur me fit me jeter dans ses bras. Ce fut, je crois, mon dernier élan véritable. Ma dernière spontanéité. Après, il y eut la révélation de notre malédiction. La fin de mon innocence. Et la peur d'être étouffée par tout cet amour dont la moitié seulement me revenait de droit.

Je ne crois pas aux coïncidences

La même phrase dans deux livres à quelques jours d'intervalles.
Et cette vérité :
Il n'y a pas de plus grand bonheur au monde que d'avoir eu des filles

Le 1er nov. 2004

32

Le lendemain de mon voyage à Auxerre, j'appelai Louisa. Je voulais les voir, elle et Tony. Leur parler. Pas entre deux verres, au comptoir, ou au téléphone. Ce que j'avais à leur dire demandait du temps, et je voulais profiter encore une fois de leur présence. Je leur proposai donc de dîner avec moi le soir même, et nous décidâmes de nous retrouver au bar de Louisa. L'établissement serait exceptionnellement fermé pour l'occasion, à partir de 19 heures. Je parlai ensuite brièvement à la patronne de mon exil chez Daniel, et du fait que Dimitri connaissait mon adresse. Il fut convenu que Tony viendrait me chercher et me ramènerait après dîner. Cela me rassura un peu. Je passai une journée au calme, sans sortir, attendant patiemment le soir et la venue de Tony.

Je savais mes heures comptées dans cette maison, et rester encore une journée sans sortir de l'atelier ne me dérangea pas. Au contraire. Je pris le temps de regarder chaque chose pour l'inscrire en moi de façon indélébile. Chaque objet, chaque toile... L'odeur...

Le soir venant, je passai rapidement dans la salle de bains avant que Tony n'arrive, pour me recoiffer et me rafraîchir un peu. Ma peau n'était jamais restée aussi longtemps sans maquillage. J'avais beau me regarder dans la glace, j'étais dans l'incapacité totale d'avoir une quelconque opinion sur mon aspect physique. Je ne savais plus de quoi j'avais l'air. J'étais fatiguée, oui... Je le voyais aux cernes sous mes yeux, et à cette veine bleue, sur ma tempe, moins visible lorsque j'étais en forme. Mais c'était tout. Le reste m'échappait.

La sonnerie de la porte me fit sursauter. Je sortis de la salle de bains et allai ouvrir.

Ce fut étrange de voir Tony dans cet endroit, un peu comme un acteur propulsé subitement et sans raison dans un film qui n'était pas le sien. Mais sa présence me réconforta, comme toujours... Il m'embrassa avec tendresse mais ne voulut pas entrer. Il attendit dehors pendant que je récupérais mon sac, à l'étage, et que je fermais soigneusement la porte à clef.

Dans la voiture, je le sentis distant. Préoccupé, pour une raison qui m'était inconnue. Il parla peu, me demandant uniquement des détails sur la dernière fois où j'avais vu Dimitri, en bas de chez moi.

À l'inverse, je lui posai de nombreuses questions. Sur Louisa, le bar, et d'éventuels problèmes avec Dimitri et Sylvia. Il me répondit de manière laconique. Louisa allait bien et les choses se tassaient avec la police dont la surveillance se relâchait de jour en jour. Quant à Dimitri et Sylvia, ils ne les avaient pas revus au bar.

La fin du trajet se fit dans un silence complet.

L'accueil de Louisa fut à l'opposé de la retenue de Tony. Comme souvent, mais cette fois-ci fut particulièrement frappante. Nous entrâmes lui et moi dans la cuisine, à l'arrière du bar, et la patronne était en train de déboucher une bouteille de vin. La pièce était toute simple. Louisa y confectionnait les sandwichs qu'elle servait aux clients, rien de plus. Un frigo, un évier, des plaques de cuisson, un peu de vaisselle dans un placard... Et ce soir-là, une petite table et des chaises destinées à nous accueillir tous les trois. La table était déjà dressée, et un délicieux parfum de sauce tomate au basilic flottait dans l'air.

Le bruit rond et festif du bouchon claqua comme pour nous souhaiter la bienvenue, et Louisa vint m'embrasser. Puis elle planta ses yeux dans les miens pour m'empêcher de mentir.

— Comment tu vas ?

— Pas mal.

— Assieds-toi...

La patronne remplit nos verres et Tony alla jeter une poignée de spaghetti dans une marmite d'eau bouillonnante posée sur l'une des plaques électriques.

— Tu vas goûter ce vin, dit la patronne en me tendant un verre. Il vient d'Italie. De Toscane...

Je goûtai le vin sous haute surveillance, Louisa attendant mon avis et guettant mes réactions.

— Il est très bon.

La patronne sourit, soulagée à l'annonce du verdict. Elle avait toujours su mettre à mal mes complexes d'infériorité et faire de moi quelqu'un dont l'opinion comptait. Quelqu'un de fréquentable.

— Il faudra que tu ailles en Italie un jour... Je suis sûre que tu aimerais.

Elle dit ces mots en toute innocence. Des mots banals, oubliés aussi vite qu'ils étaient prononcés. Elle ne se douta pas, à cet instant précis, de l'impact et de l'amplification que ma situation leur donna.

Je ne leur parlai pas tout de suite de ce qui avait motivé mon appel et ma venue. Aucun des deux ne me posa de questions à ce sujet. Ils attendirent patiemment que je sois prête. Je voulais vivre pleinement cet instant. Le repas, le vin, les histoires de Louisa... Toutes ces choses que j'aimais et qui avaient fait l'essentiel de mon existence depuis plus de cinq ans.

La patronne me donna des nouvelles des filles. Le racolage devenait très difficile, quasiment impossible. Et les choses n'iraient pas en s'arrangeant. Tout ce petit monde se trouvait devant l'obligation de changer.

Puis il y eut, au milieu du repas, un long moment de silence que je ressentis comme une invitation à prendre la parole. C'était à moi.

— Je vais partir.

Ils levèrent tous deux leurs yeux vers moi, dans un même mouvement.

— Je ne sais pas encore où, ni combien de temps, mais j'en ai besoin. C'est le moment.

Dans l'absolu, cette nouvelle n'avait rien d'extraordinaire. Quelqu'un qui annonçait à ses amis qu'il partait en vacances. Mais ce n'était pas de simples vacances, et je n'étais jamais partie. Je n'avais jamais, jusqu'aux complications de ces derniers mois, brisé ce carcan d'habitudes qui était le mien. Les effets d'une telle décision sur ma vie et mon avenir étaient inconnus de nous trois.

Tony réagit le premier.

— C'est à cause de Dimitri ?

— Oui et non... C'est à cause de beaucoup de choses. Des choses dont je ne vous ai pas parlé.

Louisa, qui s'était tue jusque-là, prit la parole.

— Je le savais… Je l'ai senti quand tu as appelé.

Elle émit un petit rire triste, prit un temps et continua :

— Je suis heureuse. C'est très bien pour toi.

Louisa était sincère, mais elle avait envie de pleurer parce que rien ne l'assurait de mon retour. Parce que sa vie à elle, aussi, était en train de changer, et que cela lui faisait peur.

33

Tony me raccompagna, après le dîner, et nous passâmes d'abord chez moi pour que je puisse récupérer des affaires et les mettre dans une valise, en vue de mon prochain départ. Daniel reviendrait le surlendemain, il faudrait que je ne sois plus là. J'avais à présent une idée bien précise de ma destination.

Nous allâmes ensuite chez Daniel. Tony arrêta la voiture devant le portail de la maison et insista pour se charger de ma valise jusqu'à la porte d'entrée.

Il savait, comme Louisa, que j'avais prévu de partir dans les deux jours et que, certainement, nous ne nous reverrions pas avant longtemps. L'émotion le rendait maladroit. Moi aussi. Nous étions devant la porte, la valise posée entre nous, et nous nous regardions en souriant, incapables de transformer en mots cette affection un peu triste que nous ressentions l'un pour l'autre à cet instant précis. Nous nous réfugiâmes derrière des phrases simples.

— Tu nous fais signe, quand tu reviens ?

— Bien sûr...

— Tu vas faire quoi, en attendant le départ ?

— Rien... Je crois que je ne vais pas bouger de la maison. Ce serait dommage de croiser Dimitri maintenant.

Son visage s'assombrit. Il baissa les yeux quelques secondes et les releva vers moi.

— Je crois que tu n'as plus de soucis à te faire pour Dimitri... Il a d'autres problèmes à régler avec ses filles en ce moment.

— Peut-être...

Son sourire réapparut sur ses lèvres aussi rapidement qu'il en était parti un instant plus tôt. Il prit l'une de mes mains entre les siennes, la serra fort et m'embrassa de façon appuyée sur les joues. Ses yeux plongèrent une dernière fois dans les miens, puis il se détourna de moi et s'éloigna vers la voiture.

SECOND VOYAGE

34

Je pris mon train à la gare de Lyon le soir suivant. Je n'arriverais à Rome que le lendemain matin, aux alentours de 11 heures. La perspective de ce long voyage me plaisait. Je souhaitais prendre la pleine mesure de ce départ et voir s'écouler lentement les heures qui m'éloigneraient de Paris.

Je m'étais levée tôt le matin pour réserver mon train, et avais quitté la maison de Daniel une petite heure pour acheter un guide de la capitale italienne. J'avais pensé, pour me loger, tenter ma chance dans les hôtels jouxtant la gare Termini. La description d'une pension de famille immergée dans la végétation des collines de l'Aventino, loin du centre historique et de son agitation, me fit changer d'avis. J'appelai sans beaucoup d'espoir, consciente de l'attrait touristique de la ville et de la précipitation de ma démarche.

Contre toute attente, la chance fut de mon côté. Des clients venaient de se désister.

Moi qui lisais très peu les journaux, j'avais acheté quelques magazines et les quotidiens du jour dans un des relais presse de la gare de Lyon. Une manière de dire au revoir à Paris...

Il me restait une dizaine de minutes avant l'arrivée de mon train. Je m'assis face au quai et commençai à lire un quotidien.

L'info tenait sur quelques lignes, dans la rubrique « Faits divers ». Un homme avait été retrouvé mort, assassiné, sous les gravats d'un immeuble en cours de démolition de la rue Saint-Denis. Le crâne défoncé par plusieurs coups portés à l'aide d'une arme contondante. Le décès semblait dater d'un peu moins d'une semaine. L'homme était un proxénète bien connu des forces de police, du nom de Dimitri S. La piste privilégiée était celle du règlement de comptes.

Je repensai à l'attitude étrange de Tony, lorsqu'il était venu me chercher chez Daniel, et à ses derniers mots concernant Dimitri.

Mon train arriva. Je refermai le journal, que je laissai sur mon siège, et marchai vers le quai.

35

Dans le train, j'écrivis à Daniel.

« Je voulais vous laisser un mot, avant de partir, mais rien n'est venu. Aucune phrase capable de vous dire ma gratitude pour ces cinq jours passés chez vous. Cinq jours lumineux et tranchants. Un miroir posé devant moi et ma vérité. Comme votre tableau. Ce cadeau que vous m'avez fait sans en avoir l'air, négligemment, comme vous offrez ou dites les choses qui vous touchent. Vous savez si bien vous dérober au monde.

Je vous écris du train qui m'a enlevée à Paris. Je vais à Rome. Une amie m'a conseillé cette destination.

Je change de route, et je me sens affreusement perdue. Mais je vais bien.

Je cherche mon vrai visage. Celui que vous, seulement, avez su voir.

Je vous embrasse, moi aussi, pour la première fois.

Claire »

Mes remerciements vont à Marie-Josée Barbe, à Pierre Doutre, directeur départemental de la sécurité publique du Calvados, à Anne-Marie Kucharski et à Arnaud Tarantola.

Composition Graphic Hainaut
Achevé d'imprimer
sur Roto-Page
par l'Imprimerie Floch
à Mayenne, le 25 juin 2004.
Dépôt légal : juin 2004.
Numéro d'imprimeur : 60528.
ISBN : 2-07-077157-1 / Imprimé en France.

02032